EL BARCO  DE VAPOR

La noche de la ciudad mágica

Alfredo Gómez Cerdá

Dirección editorial: María Jesús Gil Iglesias
Colección dirigida por Marinella Terzi
Ilustraciones de Javier Solchaga

© del texto: Alfredo Gómez Cerdá, 2002
© Ediciones SM, 2002
   Joaquín Turina, 39 - 28044 Madrid

Comercializa: CESMA, SA - Aguacate, 43 - 28044 Madrid

ISBN: 84-348-8699-5
Depósito legal: M-11408-2002
Preimpresión: Grafilia, SL
Impreso en España/ Printed in Spain
Imprenta SM - Joaquín Turina, 39 - 28044 Madrid

1

Vivía en la ciudad de Barcelona, se llamaba Quim y era malo, muy malo.

Vivir en Barcelona no es un dato que llame la atención, pues como es sabido en esta ciudad viven millones de personas, y muchas de ellas son niños, como Quim.

Tampoco su nombre es excesivamente extraño o chocante. A buen seguro, en Barcelona vivirán muchas personas que se llamen precisamente así.

Lo que sí resultaba más raro a simple vista es que un niño de su edad fuera malo, rematadamente malo.

De esta circunstancia no cabe la menor duda, pero... ¿cómo explicar su maldad?

Quim no había matado a nadie ni tenía intención de hacerlo. Una cosa es ser malo y otra, muy distinta, ser un asesino. Y Quim –eso está fuera de toda duda– no era un desalmado asesino.

Quim tampoco había robado a nadie ni tenía

intención de hacerlo. Él era malo, pero no era un ladrón sin escrúpulos.

No, no; su maldad iba por otro camino.

Alguien puede estar pensando que Quim era un niño maleducado y sin conciencia cívica; pero no. Si Quim iba sentado en el metro o en el autobús y entraba una persona mayor, o impedida, o una mujer embarazada, se levantaba con rapidez y le cedía amablemente su asiento. Está claro que una cosa es ser malo y otra, bien distinta, ser maleducado.

Quim no ensuciaba las calles tirando al suelo envases de golosinas, latas de refresco u otras porquerías similares. No; él siempre buscaba la papelera o el contenedor de la basura. Y además tenía en cuenta el color de los contenedores: amarillo para envases, gris para restos de comida, azul para papel y cartón, verde para botellas. ¿Qué tiene que ver ser responsable y limpio con ser malo?

Quim, además, era bienhablado, y no solo porque no dijera groserías ni palabras malsonantes, sino porque se expresaba con corrección y elegancia y su vocabulario era muy amplio. Y es que, es evidente, una cosa es ser malo y otra ser un deslenguado.

Por otro lado, Quim era un niño muy aseado, que se bañaba todos los días sin que sus padres tuvieran que recordárselo. Y su higiene llegaba desde los dedos de sus pies hasta los pliegues de sus orejas. Y después de bañarse rociaba su cuerpo con agua de colonia. Nada tiene que ver ser malo con ser limpio. Puede haber personas buenísimas que sean unas guarras y, al contrario, personas malísimas que sean limpias, como Quim.

También era muy aplicado en el colegio. Llevaba al día todas las tareas escolares y, durante las clases, permanecía atento a las explicaciones de los maestros. Siempre se sabía la lección y en los controles sacaba unas notas excelentes. ¿Quién puede dudar que una cosa es ser malo y otra, bien distinta, ser estudioso?

Aunque pueda parecer extraño o incomprensible para algunos, Quim era malo, muy malo.

Mirando el mapa de la ciudad de Barcelona, Quim vivía más bien hacia la derecha y más bien hacia la mitad, entre el mar Mediterráneo y las montañas de la Sierra de Collserola. Su calle se llamaba Rosselló y era tan larga que llegaba hasta el número seiscientos. Él vivía casi al final, enfrente de la manzana que ocupaba el edificio de una fábrica de cerveza.

A Quim no le disgustaba su barrio, aunque tampoco le parecía una maravilla, sobre todo si lo comparaba con el de sus dos mejores amigos, Manolo y Andreu, que vivían entre Poble Nou y Besós Mar, en una zona muy pintoresca, donde se mezclaban las casas con pequeñas tiendas que exponían sus mercancías en la acera: fruterías y tiendas de alimentación, colchonerías, chatarrerías repletas de objetos oxidados, compraventa de motos y bicicletas... Había también muchas naves abandonadas en las que se podía entrar por las puertas medio desvencijadas... Ese barrio sí que era emocionante, y no el suyo.

—Es que tú vives en un barrio burgués –le había dicho en una ocasión Manolo.

—¿Y eso qué es? –preguntó Quim.

—¡Y yo qué sé! –Manolo se encogió de hombros–. Pero mi padre lo dice a veces.

Recordó entonces Quim cómo llamaba su padre al barrio de sus amigos, pero prefirió no decirlo en voz alta para que no se ofendieran.

Desde luego, las calles de su barrio eran las mejor trazadas de toda Barcelona. Bastaba con mirar el mapa para comprobarlo. Unas eran perpendiculares a las otras, y entre todas formaban cuadrados casi perfectos. Por ese motivo resultaba difícil perderse.

Su madre siempre comparaba el Ensanche con una gran tableta de chocolate. A él le pareció original aquella comparación hasta que oyó que alguien la utilizaba en un programa de la tele. A partir de ese momento dejó de parecerle tan original.

Y la gran ventaja de su barrio era, como suele

ocurrir, también el principal inconveniente. Porque está muy bien que todas las calles estén tan ordenadas, sobre todo para los conductores de automóviles, pero eso no deja de ser un poco monótono y aburrido. Es como si estuviéramos encerrados dentro de un laberinto del que conocemos siempre la forma de salir. Falta una pizca de emoción y de sorpresa.

Lo que Quim añoraba más en su barrio, además de la proximidad del mar, era la existencia de parques o zonas abiertas y despejadas. Todo eran casas, casas, y más casas. Bueno, muy cerca estaba la iglesia de la Sagrada Familia, con un jardincito a cada lado. Incluso, en uno de ellos había un estanque donde se reflejaba una de sus enormes fachadas.

Quim sabía de sobra que lo más importante de su barrio era precisamente esa iglesia. ¿Quién podía dudarlo? Había quien decía, también, que la iglesia era lo más importante de la ciudad. Claro que Jaume, el de la tienda de Todo a Cien, aseguraba que el Barça era lo primero.

A Quim le admiraba la cantidad de gente, sobre todo extranjeros, que llegaba a visitar cada día la iglesia. Él, sin embargo, la veía como la cosa más natural del mundo. Siempre había estado en el mismo sitio, con unas grúas que sobresalían por encima de las torres, enfrente de la papelería donde solía comprarse los cuadernos, al lado del túnel de lavado donde casi todos los sábados iban a lavar el coche, junto al banco, la gasolinera y la pastelería.

Una tarde Quim se encontró con Montse.

Montse vivía muy cerca de su casa, en la calle Cartagena, que era una de las que atravesaba Rosselló. Los padres de Montse y sus padres eran muy amigos y solían quedar a menudo para ir a la playa, a la montaña, al parque de atracciones... Por eso, Montse y él habían estado juntos desde que habían llegado a este mundo, pues casi nacieron al mismo tiempo: él nació un martes y ella un jueves, por supuesto de la misma semana, del mismo mes y del mismo año.

—Hola, Montse.

—Hola, Quim.

—¿Adónde vas?

—A ninguna parte.

Quim se sorprendió un poco por la respuesta.

—Si estás caminando por la calle, ¿cómo vas a ir a ninguna parte?

—Solo paseo –le explicó ella.

—¿Paseas? –se sorprendió él.

—Sí.

—Pero... solo pasean los mayores. ¡Menudo rollo es pasear!

Montse se le quedó mirando muy seria. Primero le puso cara de perdonavidas y luego, como apiadándose de él, lo tomó con fuerza de un brazo y lo llevó hasta un extremo de la acera.

—Si me guardas el secreto, te contaré una cosa –le dijo.

—Puedes confiar en mí –le respondió Quim con seguridad.

—Hace quince días operaron a mi abuelo Víctor en el hospital de Sant Pau.

Quim hizo un gesto de desilusión. ¡Menudo secreto! Sus padres habían estado hablando de la operación del abuelo Víctor un montón de veces.

—¡Ya lo sé! –exclamó.

—Pero ¿sabes de qué lo han operado?

Quim abrió los ojos exageradamente y se encogió de hombros. No tenía ni idea, aunque por los comentarios que había oído sabía que se había recuperado muy bien.

—No. ¿De qué?

—De hemorroides.

Quim, como casi todo el mundo, había oído hablar de las hemorroides. A veces, había escuchado algún chiste sobre hemorroides. También había visto anuncios en la tele que hablaban de gente que en silencio y durante años padecía hemorroides. En la farmacia, sobre el mostrador, había un cartel grande que anunciaba una pomada para las hemorroides.

Quim estaba algo confundido por lo que Montse le estaba contando. Como no sabía qué decir, se interesó por el abuelo Víctor.

—¿Y ya está bien? –le preguntó.

—Ahora sí, pero ha tenido que estar una semana sentándose sobre un flotador.

—¿Para qué? –se extrañó Quim.

Montse negó con la cabeza, como diciendo: «Este chico parece tonto de remate».

—Porque tenía la herida de la operación en... ¡Ya te lo puedes imaginar!

—¡Ah! –Quim, de pronto, lo vio muy claro.

Pero Montse no le dio tiempo a reaccionar y, enseguida, volvió a la carga:

—¿Y sabes por qué le salieron las hemorroides?

—No.

—Se lo dijo el médico: por llevar una vida sedentaria –Montse tomó un poco de aire y suspiró con fuerza–. Ahora ya podrás comprender por qué estoy paseando.

En el rostro de Quim se reflejó un gesto de enorme sorpresa.

—¿A ti también te han salido hem...?

—¡No seas bruto! –le cortó bruscamente Montse–. Salgo a pasear para prevenir. Los niños de ahora somos muy sedentarios. Nos pasamos el día sentados delante de la tele, del ordenador, de la videoconsola... No hacemos suficiente ejercicio. Y de seguir así, de mayores, todos tendremos hemorroides.

Quim no pudo evitar un gesto intuitivo: sin darse cuenta se llevó las manos al trasero y, con ellas abiertas, parecía querer protegérselo de las temibles hemorroides.

13

—Te acompaño a pasear –le dijo a Montse, sin haber conseguido borrar de su rostro un gesto de preocupación.

Y los dos se fueron de paseo por el barrio.

Cuando regresaban a casa ya había anochecido.

Volvían por la calle de la Marina y Quim estaba un poco harto de aquel paseo, sobre todo porque la vuelta siempre era cuesta arriba.

—Prefiero hacer ejercicio jugando al fútbol –le dijo a Montse.

—¿Cuántas veces juegas al fútbol? –le preguntó ella enseguida.

—A veces echamos un partido en el patio del colegio.

—Eso no basta.

—¿Por qué?

—Para prevenir las hemorroides tendrías que jugar habitualmente al fútbol. No es suficiente con hacerlo de vez en cuando. Tendrías que jugar, por ejemplo, en los infantiles del Barça, del Espanyol o de algún equipo que participe en competiciones.

—En una ocasión me hicieron una prueba. Fuimos Manolo, Andreu y yo. El padre de Manolo es amigo de un primo de uno de los entrenadores de los equipos infantiles.

—¿Y qué pasó?

—Me dijeron que era lento, que no tenía reflejos, que no entendía nada de tácticas y que mi toque de balón era desastroso.

—Vaya, lo siento –se disculpó Montse, que se sentía un poco culpable por haber sacado aquel tema.

—No tiene importancia. De todas formas, yo nunca había pensado ganarme la vida dando patadas a un balón en calzoncillos.

—Pues entonces no te queda más remedio que pasear.

Quim no estaba dispuesto a aceptar así como así el consejo de Montse. Antes, tendría que pensárselo bien, sopesar unas cosas y otras, y finalmente tomar una decisión. Si decidía pasear, ya se lo comunicaría. Sin duda, con ella se le haría menos aburrido andar por el barrio de un lado para otro, sin ir a ninguna parte en especial.

Pasaban justo por delante de la fachada del Nacimiento de la iglesia de la Sagrada Familia cuando Montse se detuvo y se quedó mirando las torres altísimas. Estaban iluminadas y la luz artificial las hacía más mágicas y misteriosas.

—¿Te has fijado? –le preguntó entonces a Quim.

—¿En qué he de fijarme?

—En la luz verde que hay dentro de las torres.

Quim miró con curiosidad hacia donde le señalaba la amiga. Toda la fachada estaba iluminada y, como es natural, el color que predominaba era el de la piedra, entre marrón y ocre.

Aunque Quim había visto infinidad de veces aquella fachada iluminada, en aquel momento experimentó algo especial, algo parecido a un sentimiento profundo de admiración. Por vez primera se sintió ante un edificio realmente impresionante y bello. Y lo de menos era que estuviera sin terminar y que gigantescas grúas, instaladas permanentemente en el interior, rivalizasen en altura con las propias torres.

Montse tenía razón, por los vanos de las torres se veía una luz verdosa, lo que añadía al conjunto un toque más fantástico.

—Nunca me había fijado –reconoció.

—¿Sabes de dónde procede esa luz verde? –le preguntó entonces ella, y sus palabras parecían haberse contagiado por el misterio.

—¿De dónde?

—De la varita mágica de un hada que vive dentro de las torres.

Quim miró a Montse por encima del hombro. ¿Qué tonterías le estaba diciendo? ¿Le habría sentado mal el paseo o sencillamente quería tomarle el pelo?

—¡Bah! –Quim se limitó a hacer un gesto de desprecio con sus manos.

—¿No te lo crees? –insistió Montse.

—No soy un niño pequeño, ni tú tampoco.

—El hada vive desde hace tiempo en las torres –Montse continuó como si tal cosa–. Durante el día permanece escondida para que nadie pueda verla, pero durante las noches sale de su escondite y con su varita mágica produce esos resplandores verdes.

—¿Es que todavía no sabes que hay bombillas de colores? –le preguntó Quim con un poco de ironía.

—Pero esa luz no proviene de una bombilla. Esa luz sale directamente de la varita mágica de un hada.

Quim pensó que su amiga se había vuelto majareta. ¿Cómo si no iba a asegurar semejante disparate? Entonces una idea cruzó por su mente y entendió lo que le estaba pasando a Montse.

—La culpa la tienen los paseos –aseguró.

—¿Qué quieres decir? –preguntó ella.

—Pasear durante mucho tiempo sin ir a ninguna parte puede que resulte bueno para las hemorroides, pero me parece que sienta fatal para otras cosas.

—No te entiendo.

—Es muy sencillo. Como pasear sin ir a ninguna parte es muy aburrido, empiezas a pensar en una cosa, luego en otra y en otra. Y al final acabas viendo visiones.

Montse endureció su gesto. Sin duda, las palabras de su amigo le habían sentado fatal. ¿Y cómo no? Poco más o menos le estaba diciendo que se había vuelto loca o algo por el estilo. Le dio la espalda y empezó a caminar resuelta hacia su casa. Quim hizo intención de seguirla, pero se dio cuenta de que si quería alcanzarla tendría que echar a correr. Y después de la caminata que se habían dado lo que menos le apetecía era echar a correr.

Decidió entonces internarse por el jardín. Bordeó el estanque y se situó de nuevo frente a la fachada de la iglesia, pero esta vez con el estanque de por medio.

Se experimentaba en aquel lugar una sensación de paz muy placentera. Bajo las ramas de los enormes ficus apenas se percibía el ruido del tráfico incesante, olía a jazmín, una pareja se besaba en uno de los bancos, un anciano paseaba a un perro que parecía tan viejo como él, el cantante Paco Ibáñez jugaba a la petanca con un grupo de amigos, una muchacha dibujaba en un bloc a la luz de una farola...

El reflejo de las torres redondas parecía taladrar la superficie del agua remansada del estanque. A Quim le cautivó aquella visión como nunca antes le había ocurrido. Miraba embelesado y fantaseaba con su imaginación. ¿Dónde estaba la iglesia en realidad? ¿Arriba o abajo? ¿Al derecho o al revés?

Cogió una piedra grande que había en el suelo y se dispuso a tirarla al estanque para deshacer aquel reflejo, pero en el último momento se detuvo, pues descubrió que, a pocos metros, un par de jóvenes turistas estaban sacando una fotografía en exposición, valiéndose de un trípode y de un disparador de cable.

Quim, aunque era malo, muy malo –como ya hemos explicado antes–, no era un desconsiderado con los demás, por eso no tiró la piedra al agua y los jóvenes turistas pudieron hacer la fotografía sin problemas.

Luego, concentró su mirada en las torres esbeltas y redondeadas y, sobre todo, en los vanos estilizados de las ventanas. Allí, dentro, estaba ese resplandor verde al que se había referido Montse.

Se sintió misteriosamente atraído por el resplandor, hasta el punto de que su mirada no podía dirigirse hacia otro lugar. Volvía la cabeza a un lado, a otro; pero sus ojos siempre retornaban a las torres. ¿Por qué le habría contado Montse aquella patraña del hada y la varita mágica? Él no creía en esas cosas, pero no podía evitar pensar en ello.

«¿Y si lo compruebo?», se preguntó.

Quim pensó que no le resultaría demasiado difícil comprobarlo. Primero debería introducirse en el recinto de la iglesia, que estaba rodeado en su mayor parte por una verja de hierro; luego, tendría que entrar dentro de una torre y ascender por las escaleras hasta descubrir el origen de aquella luz verdosa.

Quizá un niño bueno no se atreviera a hacerlo, pero él era un niño malo y, por consiguiente, no tendría remordimientos de conciencia.

2

Antes de intentarlo, Quim analizó la situación. El recinto de la iglesia de la Sagrada Familia ya estaba cerrado y en apariencia nadie permanecía en el interior: ni los obreros que llevaban más de un siglo trabajando en el templo, ni los turistas que en avalanchas eran transvasados a diario desde autocares que colapsaban las calles, ni los feligreses que acudían a rezar a la cripta...

El hecho de que no hubiera nadie dentro facilitaba las cosas, pero al mismo tiempo las complicaba, porque como es lógico todos los accesos permanecían cerrados a cal y canto.

Quim dio una vuelta completa a la iglesia: calle de la Marina, luego Provença, Sardenya y Mallorca. Y enseguida descubrió el sitio ideal para colarse. La verja de hierro que había a lo largo de la calle Provença no era muy alta. Para alguien con un poco de agilidad y decisión resultaría muy fácil saltarla. Él era ágil y estaba decidido.

Imaginó que dentro habría vigilantes y eso le

hizo extremar las precauciones. Si era descubierto, además de tener que dar un montón de explicaciones que a nadie le resultarían convincentes, su plan se iría al garete.

Aguardó con paciencia junto a la verja de hierro. Pasaba gente por la calle y no quería que nadie lo viera saltar, pues cualquier persona podría dar la voz de alarma y llamar la atención de los vigilantes.

Quim era malo –lo hemos repetido varias veces–, pero no era impaciente, por eso supo esperar el momento adecuado. Y cuando vio que nadie pasaba por los alrededores, como un felino, se lanzó sobre la verja. Trepó por los barrotes y, con cuidado, para no pincharse con los remates puntiagudos, pasó al otro lado. Con la misma velocidad se dejó caer hasta el suelo.

Cuando sus pies tocaron la tierra sintió un alivio tremendo. Respiró profundamente y notó cómo su corazón, que latía como el de los ciclistas cuando suben la montaña de Montjuïc, se acompasaba poco a poco.

Quim era malo, pero ser malo no significa que uno tenga que ser un valiente. Por eso, tenía miedo.

Avanzó con decisión hacia el interior y, casi sin darse cuenta, se sintió como tragado por unas paredes inmensas y por los cuatro pares de torres. Las paredes eran sencillamente sorprendentes, sobre todo porque solo eran paredes, es decir, no había nada ni delante de ellas ni detrás. Y aunque él ya sabía que la iglesia no estaba ni mucho menos terminada, sentirse allí, completamente solo, entre algunos pedruscos enormes, rodeado de muros, torres y grúas gigantescas, le hacía experimentar sensaciones hasta entonces desconocidas.

Le sorprendió que con los años que llevaban trabajando en aquella iglesia –más de cien– las obras estuvieran tan retrasadas. Entonces entendió mejor a sus padres, que meses atrás habían efectuado unas reformas en casa y no dejaron ni un solo día de protestar contra los albañiles, a los que lo más suave que les llamaban era lentos e incompetentes.

Se preguntó entonces cómo sería la iglesia cuando estuviera terminada y lo que se imaginó le pareció extraordinario y maravilloso. Pero recordó los motivos que le habían llevado hasta allí y, sin perder un segundo más, se acercó hacia las torres de la fachada del Nacimiento, las que había estado contemplando minutos antes desde los jardines del estanque y las únicas que estaban iluminadas. Alzó la mirada y se cercioró de que la luz verde seguía en su interior. Hasta ese momento todo había resultado perfecto.

Sin embargo, no tardó en descubrir un serio problema que parecía tener difícil solución. ¿Cómo entrar en las torres? Las torres tenían puertas de acceso, pero estaban cerradas. Se trataba además de puertas muy sólidas, que ni uno de esos forzudos que se colocan en el primer piso de las torres de *castellers* y que soportan sobre sus hombros todo el peso de los demás podría echar abajo de un empujón.

Quim recordó entonces la última torre de *castellers* que había visto tan solo hacía un par de semanas en Valls. Había ido con sus padres hasta allí solo para verla y el viaje había merecido la pena. La torre alcanzó los siete pisos, que es algo dificilísimo, algo que parece imposible. Le sorprendió entonces la agilidad y la destreza del pequeño *anxaneta*, un muchacho de menos edad que él, pero que trepaba por los cuerpos enlazados como un consumado escalador.

Pensaba que tendría que hacer lo mismo que el pequeño *anxaneta* si quería entrar en las torres de la Sagrada Familia: trepar por las piedras hasta alcanzar los primeros vanos. Y si subir le parecía muy complicado, no quería ni pensar en las dificultades que encontraría bajando. Lo más fácil sería no pisar en el sitio adecuado, resbalar, perder el equilibrio y...

Quim negó con la cabeza. No quería ni pensarlo. Otro se habría echado para atrás mientras pensaba en voz alta: «Bueno, y qué importa de dónde salga esa dichosa luz verde. Si Montse se cree que sale de la varita mágica de un hada, pues allá ella. Yo estoy convencido de que sale de unas bombillas de color verde. Y ahora, me voy para casa».

Una cosa es ser malo y otra, completamente distinta, ser testarudo, o ser cabezota, como se dice familiarmente. Y Quim era un incorregible testarudo, o cabezota. Por eso, siguió adelante.

Estaba examinando con detenimiento una de las torres, buscando algún saliente o algún recoveco en su superficie donde apoyarse, cuando algo llamó su atención. Con rapidez se dirigió hacia unas piedras que había amontonadas en el suelo y se escondió tras ellas. Desde allí observó con mucha atención.

Oía con claridad unos pasos que se acercaban. Era un andar firme y seguro, como de alguien que conoce perfectamente el lugar. Pensó que se trataría de algún vigilante que estaría haciendo una ronda para comprobar que todo estaba en orden. Lo mejor, por tanto, sería permanecer bien escondido hasta que el vigilante se alejase de allí.

Se agazapó aún más tras las piedras, teniendo la precaución de mantener su cabeza cerca de un pequeño agujero que quedaba entre dos de ellas, de forma que por allí podía ver sin ser visto lo que pasaba al otro lado. Se mantuvo inmóvil y hasta procuró respirar despacio para no hacer ningún ruido.

Y entonces vio algo que lo dejó completamente confundido. Quien caminaba tranquilamente por allí no era un vigilante, sino una mujer. La observó con detalle: era joven, más bien alta, más bien delgada, con el pelo muy largo... Llamaba la atención su forma tan segura de caminar y también sus piernas, ya que iba vestida con una minifalda que se las dejaba casi por completo al descubierto.

Por un instante, Quim tuvo la sensación de que aquella mujer se dirigía justo hacia donde él estaba.

«Tal vez se trate de una vigilante camuflada, de esas que suele haber en los grandes almacenes y que se confunden con el público», pensó.

Pero luego observó que la mujer cambiaba de dirección y se encaminaba decididamente hacia una de las torres. Eso le dio un poco de tranquilidad y se atrevió a asomar incluso la cabeza por encima de las piedras. La observó hasta que la perdió de vista, y entonces, sin pensárselo dos veces, salió de su escondite y la siguió a distancia.

La mujer llegó hasta la puerta de la torre, la misma que él había intentado abrir sin éxito minutos antes. Con gran naturalidad, como si se tratase de un gesto que hiciera todos los días, giró el picaporte y sin ningún esfuerzo abrió la puerta. Luego entró.

Quim estaba boquiabierto. No podía creerse lo que estaba pasando ante sus propias narices. Y sobre todo, no podía creerse que aquella mujer se hubiera dejado la puerta abierta de par en par.

Y no lo pensó dos veces. Con decisión se acercó hasta la puerta y la franqueó. Está muy claro que una cosa es ser malo y otra ser indeciso.

Dentro no vio ni rastro de la mujer. Dedujo que habría comenzado a subir por unas empinadas escaleras de caracol que arrancaban justo enfrente. Y como quería acabar cuanto antes con aquella incómoda situación, decidió subir también por las escaleras. Lo haría despacio y tomando precauciones, pues no quería toparse de bruces con aquella señora. Además, se hizo el firme propósito de dar la vuelta en cuanto descubriese el origen de la luz verde; ya estaba un poco harto de una aventura tan disparatada.

Como no oía las pisadas de la mujer, dedujo que ya habría subido muchos escalones y que le sacaría una gran ventaja, por eso aumentó el ritmo de sus zancadas.

Aunque no daba paseos por el barrio, aunque tampoco jugaba en los infantiles del Barça ni del Espanyol, estaba en forma. Y mientras ascendía dando vueltas y más vueltas por la escalera de caracol, no podía dejar de pensar en Víctor, el abuelo de Montse.

«Subir estas escaleras seguro que también previene las hemorroides», se dijo en voz alta.

Pero las escaleras parecían no terminar nunca y Quim comenzó a sentir que su respiración se iba acelerando poco a poco y que sus piernas comenzaban a notar el esfuerzo. No obstante, y como si no quisiera reconocer lo que era evidente, continuó el ascenso, intentando mantener el mismo ritmo.

Cuando estaba a punto de concederse un descanso, descubrió con alegría que aquel tramo de escaleras desembocaba al fin en una especie de plataforma. Llegó hasta allí con la boca abierta y las piernas agarrotadas. Resopló con fuerza y luego se masajeó los muslos con ambas manos.

El esfuerzo había merecido la pena. Ante él tenía una ventana estrecha y altísima rematada por un arco apuntado. Desde allí podía ver los tejados de todas las casas del barrio. La pena es que fuera de noche, pues la oscuridad dificultaba mucho la visión. En ese momento se comprometió a regresar en otra ocasión de día, aunque tuviera que pagar una entrada como los turistas.

Entonces se dio cuenta de que sus manos, sus brazos, sus piernas, toda su ropa... tenían un leve tono verdoso. Y no solo él, sino que aquel espacio estaba envuelto por una luz de ese color. Quim sonrió satisfecho, pues estaba convencido de que iba a descubrir muy pronto de dónde procedía el color de aquella luz.

Y aunque al principio no vio ninguna bombilla, buscando en los lugares donde la luz parecía más intensa, descubrió unos focos que estaban camuflados en las paredes. Esos focos, como él sospechaba, eran los que daban una luz verdosa, la misma luz que podía verse desde el exterior, la misma que daba a las torres un aspecto mágico y misterioso, la misma que Montse atribuía a la varita mágica de un hada. ¡Menudo disparate! ¡Lo que se iba a reír de ella cuando se lo contase!

—¡Aquí está! –exclamó satisfecho.

Entonces oyó un ruido a su espalda y se volvió de inmediato. Frente a él, a un par de metros aproximadamente, sonriéndole de oreja a oreja, se encontraba la mujer que había entrado antes que él en la torre.

—Hola –lo saludó.

—Hola –respondió Quim bastante cortado.

Desde luego aquella mujer no parecía una vigilante ni nada por el estilo. Sus primeras impresiones habían sido bastante certeras: era joven y muy guapa, con un pelo largo y rubio que llamaba la atención y unos ojos que desprendían un brillo intenso, muy alta y esbelta. Vestía una camiseta ajustada que le dejaba los hombros y la tripa al aire y una minifalda que apenas le tapaba la parte superior de unas piernas larguísimas, que sus zapatos con afilados tacones acentuaban todavía más. Junto al ombligo llevaba un tatuaje que era difícil descifrar a simple vista: parecían unas alas engarzadas a una especie de laberinto.

—¿Quién eres? –le preguntó la mujer sin dejar de sonreír.

—Quim –respondió él.

La mujer le tendió la mano, y él, bastante confundido, se la estrechó.

—Yo soy Tecla. ¿Te gusta mi nombre?

—Es... un poco raro –se atrevió a decirle Quim.

—¿Por qué te parece raro?

—No sé. A lo mejor no es raro. Yo no lo había oído nunca.

—Si no te gusta, me lo cambiaré por otro.

Quim se quedó muy sorprendido por esta salida de la mujer. ¿Le estaba tomando el pelo o acaso creía que los nombres podían cambiarse como los calcetines?

—Por mí...

—En realidad no entiendo mucho de nombres de seres humanos –le interrumpió la mujer–. Esta mañana ha caído en mis manos un calendario lleno de nombres, debajo de cada día estaban escritos tres o cuatro nombres. Los he leído todos y el de Tecla me ha parecido corto y divertido. También el tuyo es corto y divertido.

—Corto sí –reconoció Quim–, pero yo no le veo la gracia.

Y la mujer comenzó a reírse con estrépito

como si con esta actitud quisiera reforzar su teoría.

Quim no sabía qué pensar. Estaba claro que no se trataba de una vigilante, pero entonces... ¿quién era? Parecía muy extraña, por no decir algo chiflada. Sus palabras no tenían sentido y se reía como una tonta por cualquier cosa.

—¿Y qué haces aquí? –una nueva pregunta de la mujer interrumpió sus cavilaciones.

Quim pensó durante unos segundos en la respuesta que debía darle. Podía inventarse cualquier excusa, pero como ella se había mostrado tan absurda, él decidió decirle la verdad.

—Una amiga mía me ha dicho que esta luz verde que hay dentro de las torres procedía de la varita mágica de un hada.

—¡Qué disparate! –le cortó de nuevo la mujer.

—Eso mismo le he dicho yo, pero quería comprobarlo.

—¡Las hadas no nos dedicamos a iluminar torres por dentro con luces de colores!

—¿Las hadas...? –preguntó Quim tímidamente.

—¿No sabías que yo soy un hada? –le respondió la mujer con otra pregunta.

—No.

—Es lógico que no lo sepas. Eres el primer ser humano al que se lo digo. Creo que me has caído simpático.

—Yo... no soy un bebé de esos que creen en

hadas y otras fantasías –se atrevió a decirle Quim, adoptando un tono muy serio y muy digno–. Soy un niño, pero no soy un niño pequeño.

—Tendría que haber imaginado que iba a reaccionar de este modo –dijo la mujer hablando para sí–. O quizá nunca debería habérselo dicho. No merece la pena entablar amistad con los seres humanos.

La mujer parecía haberse molestado. Su sonrisa, aunque no había desaparecido del todo, se había empequeñecido un poco. Además, se acercó a la ventana y se quedó mirando hacia el exterior con los brazos cruzados sobre el pecho, sin decir nada.

A Quim le resultaba embarazoso aquel silencio y, sobre todo, aquella situación. Estuvo un rato callado y pensó que lo mejor sería marcharse cuanto antes de allí y olvidarse de aquella chiflada. No obstante, antes de irse, le hizo una pregunta:

—Y tú... ¿qué haces aquí?

—¿Yo? –se volvió sorprendida la mujer–. Nada de particular. Yo vivo aquí...

—Aquí no vive nadie –le replicó Quim.

—Yo vivo aquí y en otros muchos lugares mágicos como este. Todas las ciudades están llenas de lugares mágicos, y Barcelona también.

«Eso me pasa por preguntar, me lo tengo merecido», se dijo Quim.

Y cuando ya se disponía a descender por las

31

escaleras de caracol tuvo una idea. Se detuvo en seco y se volvió a la mujer. Con decisión le dijo:

—Si eres un hada, sal volando por la ventana, da una vuelta a la torre y luego vuelve a entrar.

—¿Si hago eso, te convencerás? –le preguntó la mujer.

—Por supuesto –respondió Quim.

Entonces el cuerpo de aquella mujer comenzó a brillar de una manera muy intensa y, a continuación, se elevó por lo menos un metro del suelo. Parecía pesar menos que una pluma. Luego, se inclinó ligeramente hacia delante y salió volando por la ventana, hizo varias piruetas en el aire antes de dar la vuelta a la torre y volvió a entrar por el mismo sitio. Quim quería tragar saliva, pero su boca se había convertido en una especie de bola de papel.

Con gesto de asombro miraba y remiraba a la mujer y se frotaba los ojos con los puños cerrados hasta hacerse daño.

—Y ahora... ¿te lo crees? –le preguntó la mujer.

Quim afirmó varias veces con la cabeza antes de poder articular un monosílabo.

—Sí.

—¡Menos mal! –suspiró ella.

—Montse tenía razón –Quim recordó la conversación que había mantenido anteriormente con su amiga.

—Solo a medias. En estas torres vive de vez

en cuando un hada, pero la luz verde no procede de su varita mágica, sino de unas bombillas de ese color que han colocado los electricistas.

Quim tardó un buen rato en asumir la situación que estaba viviendo. Lo que acababa de ocurrirle no pasa todos los días, ni siquiera una vez a la semana, ni una vez al mes... A la inmensa mayoría de la gente no le pasa en toda su vida.

Miraba y remiraba al hada y, cuanto más la miraba, más normal y corriente la encontraba. Era como una de esas jovencitas espigadas que iban a las playas del Port Olimpic todos los días durante el verano, o que hacían colas junto a la entrada de las discotecas los fines de semana, o que salían del instituto con los libros debajo del brazo. Pero... ¡cómo imaginar que se trataba de un hada! Negó varias veces con la cabeza. Se había apoderado de él una gran confusión, y quizá por eso comenzó a hablar casi para sí mismo.

—Si en el colegio la profesora de lengua nos hubiera mandado hacer una redacción sobre las hadas, yo nunca me habría imaginado a un hada como tú. Pensaba que erais más pequeñas, con alas, que no utilizabais los nombres de los seres humanos, que vestíais de otra forma...

—Si piensas eso, no vas descaminado –amplió su sonrisa el hada–. La mayoría de las hadas son como tú dices: pequeñajas y con alas, visten con ropas anticuadas y tienen nombres muy cursis.

—¿Y por qué tú...? –Quim inició una nueva pregunta.

—Yo soy un hada supergigante –tampoco en esta ocasión ella le dejó concluir su pregunta–. Las supergigantes somos un tipo de hadas bastante raro, pero como ves existimos.

—¿Y tus alas...?

—En el mundo de hoy las alas son un verdadero incordio. Se te enganchan por todas partes. Además, las alas solo son un adorno. Ya has visto que podemos volar sin ellas. Y antes de que me lo preguntes, te diré que la ropa de la mayoría de las hadas me parece muy anticuada; prefiero vestir así.

—¿Y no tienes frío? –Quim dirigió una mirada a su cuerpo, apenas cubierto por la minúscula camiseta y por la diminuta minifalda–. Ya estamos en otoño y, sobre todo por las noches, refresca un poco.

—No tengo frío, soy un hada calurosa –y soltó una risotada, como si sus palabras le hubieran hecho mucha gracia–. ¿Te he explicado ya por qué me llamo Tecla?

—Sí.

—¿Y sigue sin gustarte mi nombre?

—Ya me gusta más –reconoció Quim.

—¡Estupendo! –gritó el hada–. ¡Entonces me llamaré así durante una larga temporada!

Y Tecla daba unos saltos de alegría tan grandes, que su cuerpo parecía estar flotando en aquel rellano de la torre. Incluso en una ocasión salió disparada por la ventana y aprovechó la circunstancia para hacer unos cuantos arabescos en el aire.

Cuando se calmó un poco, se acercó a Quim y se le quedó mirando de arriba abajo.

—Hemos hablado mucho de mí –le dijo–. Pero tú... ¿quién eres?

—Quim.

—Eso ya me lo has dicho. Pero ahora tendrás que contarme más cosas de ti.

Tecla había acercado mucho su cabeza a la de Quim, de manera que sus narices casi podían tocarse. Él entonces se fijó en sus ojos grandes y brillantes, orlados por el largo cabello dorado que le caía por ambos lados de la cabeza. Nunca había visto unos ojos como aquellos, parecían dos pozos profundos y mágicos llenos de resplandores que cambiaban de forma y de intensidad. Sintió un poco de miedo y por eso comenzó a hablar de manera titubeante:

—Vivo en este barrio –dijo–, en la calle Rosselló, enfrente de la fábrica de cerveza... Hoy he estado dando un paseo con mi amiga Montse para prevenir las hemorroides. Su abuelo las ha tenido hace poco y...

—¿Las hemo... qué?

Quim pensó que se había metido en un buen

lío. ¿Cómo explicarle a un hada lo que son las hemorroides?

—¡Buf! –resopló–. Es... es... una enfermedad.

—Las enfermedades duelen, ¿no es así?

—Algunas.

—¿Y dónde duelen las hemorroides?

Cuando Tecla quería averiguar algo se ponía de lo más pesada. No paraba de hacer preguntas y preguntas y, además, esos ojos tan misteriosos no se apartaban ni un momento de los suyos.

Tras algunos titubeos, Quim se llevó una mano al trasero.

—Duelen... aquí –dijo.

Tecla soltó una risotada que debió de oírse en todo el barrio del Ensanche y dio un salto tan grande que le hizo estrellarse contra el techo de aquel lugar. Luego, más calmada, volvió a acercarse a Quim.

—¡Hemorroides! –repitió–. Es un nombre bonito. Quizá decida llamarme así durante un tiempo. ¿Qué nombre te gusta más: Tecla o Hemorroides?

—¡Tecla! –respondió Quim sin titubear.

—¿No me engañas?

—No.

—Pues entonces seguiré llamándome Tecla.

—Y no se te ocurra ponerte nunca el nombre de Hemorroides –Quim parecía preocupado–. Es el nombre de una enfermedad, pero no sirve para los seres humanos ni tampoco para las hadas.

—Te haré caso.

Las últimas palabras de Tecla lo tranquilizaron bastante.

Tecla cambió de actitud y comenzó a moverse de un lado para otro, como si tuviera que hacer algo y no supiera qué. De pronto, se detuvo en seco y chascó con fuerza los dedos de sus manos. Cuando habló, también el tono de su voz era distinto:

—Acabo de decidir que, como hace una noche muy buena, me voy a dar un paseo por los lugares mágicos de Barcelona. ¿Ya te he dicho que en Barcelona hay muchos lugares mágicos?

—Sí.

—Eso es lo que voy a hacer. Pero antes quiero que me digas algo más de ti. Me gusta conocer bien a mis amigos, y tú acabas de convertirte en amigo.

Quim no sabía qué más decirle.

—Ya te he dicho casi todo.

—Querrás decir que no me has dicho casi nada –le replicó de inmediato Tecla.

—Pues... me llamo Quim, vivo en este barrio, hoy he dado un paseo con Montse, y... y... –de pronto recordó algo muy importante–, ¡ah!, y soy malo, muy malo.

—¿Malo? –preguntó Tecla–. ¿Y por qué eres malo?

—No lo sé. Supongo que soy malo porque sí, por lo mismo que tú eres un hada.

Tecla negó exageradamente con su cabeza.

—¡No, no, no! Son cosas diferentes. Un hada siempre será un hada, pero un niño malo puede dejar de ser malo. Es algo tan sencillo como... revolotear alrededor de las torres de la iglesia de la Sagrada Familia.

Quim sonrió, como diciendo: «¡Pues si eso te parece sencillo...!».

Tecla hizo unos aspavientos con sus brazos y cambió de conversación.

—Creo que he perdido mucho tiempo contigo –dijo–. Ya podía llevar un buen rato visitando los tejados mágicos de Barcelona. ¿Te he dicho ya que en Barcelona hay muchos tejados mági-cos?

—Sí.

—¡No! Antes te he dicho que en Barcelona hay muchos lugares mágicos y ahora te digo que en Barcelona hay muchos tejados mágicos. ¿Te das cuenta de la diferencia?

—Pero los tejados también son lugares.

Tecla frunció el ceño en señal de disgusto, como si le molestase tener que dar la razón a Quim.

—Ha sido un placer conocerte –le dijo.

—Igualmente.

Le tendió la mano y Quim se apresuró a es-trechársela. Pero cuando quiso soltarla comprobó que su mano se había quedado pegada a la de ella. Intentó separarla dando algunos tirones, pero las manos parecían estar soldadas.

El hada entonces le mostró la otra mano, que mantenía completamente cerrada.

—¿Sabes lo que llevo aquí? –le preguntó.

—No.

—¿No te lo imaginas?

—No.

Tecla abrió los dedos muy despacio, y ante los sorprendidos ojos de Quim apareció una especie de estrellita que emitía una luz brillante, tan brillante que casi deslumbraba.

—Es lo que los seres humanos llamáis una varita mágica.

Levantó un poco la mano y acercó aquella estrella, o aquella varita mágica, hacia el rostro de Quim.

—¿Qué vas a hacer?

—Te tocaré en la frente con ella.

—¿Y qué me ocurrirá?

—No tengas miedo, no te dolerá nada. ¿Acaso estás pensando que la varita mágica de un hada duele como las hemorroides?

—No es eso, pero... me gustaría saber qué va a pasarme.

—Te convertiré en un niño bueno.

—¡No!

Pero Tecla no debió de oír la negativa de Quim, pues le tocó con aquella estrella brillante justo en medio de la frente. Él sintió como un escalofrío agradable que le recorría todo el cuerpo y al instante comprobó que su mano se había separado de la del hada. Se sentía muy confuso y la cabeza le daba vueltas.

Tecla volvió a reír como solo ella sabía hacerlo y echó a volar. Antes de salir por la ventana se volvió a Quim.

—¡Adiós, Quim! –le gritó, y se alejó a toda velocidad.

Quim reaccionó en ese momento. Corrió hasta el hueco de la ventana; pero cuando llegó a él, Tecla solo era un punto brillante que se perdía entre los tejados de la ciudad.

—¡Vuelve! –gritó–. ¡Yo no quiero ser bueno! ¡Me siento muy feliz siendo malo! ¡Tecla! ¡Tecla! ¡Vuelve! ¡Conviérteme otra vez en malo!

Pero Tecla ya no podía oírlo.

Cansado de dar voces, abatido y triste, Quim descendió por las escaleras de caracol de la torre. La puerta seguía abierta. Salió al exterior y la cerró. Luego, se dirigió a la verja de la calle Provença y, sin tomar ninguna precaución, escaló por los barrotes para llegar al otro lado. Un grupo de personas que pasaban por la calle se le quedó mirando, pero él no se inmutó.

Con las manos en los bolsillos del pantalón, caminando despacio, pensativo, subió por el paseo de Gaudí hasta la calle Rosselló. Solo una vez volvió la cabeza. Las torres de la Sagrada Familia seguían iluminadas, con esa luz verdosa en su interior.

Maldijo su suerte y con rabia dio una patada a una lata de cerveza vacía que estaba tirada en el suelo. La lata voló por los aires, se golpeó contra el tronco de un árbol y cayó encima de un perro que en esos momentos estaba haciendo caca junto al tronco. El perro miró a Quim y le gruñó de forma inquietante, pero Quim no se acobardó, se acercó al perro y le gritó:

—¡Prefiero ser malo!

Muy asustando, el perro echó a correr.

3

Cuando a la mañana siguiente se levantó de la cama, Quim era un niño bueno, muy bueno.

Su madre tuvo que llamarlo varias veces, enrollar la persiana y descorrer las cortinas. Y como ni siquiera haciendo estas cosas mostraba intención de levantarse, tuvo que zarandearlo con fuerza.

—¡Quieres levantarte de una vez! –le alzó la voz–. ¡Vamos, no seas holgazán!

La madre de Quim no podía entender por qué su hijo se comportaba de aquella forma. Él siempre había sido un niño dispuesto y madrugador, que saltaba de la cama en cuanto le daba los buenos días. Le tocó la frente, por si tuviese fiebre.

—¿Te encuentras mal? –le preguntó.

—No.

—¿Te duele la tripa?

—No.

—Entonces, ¿por qué no quieres levantarte?

—No me apetece.

Una cosa es ser bueno y otra muy distinta es

ser holgazán. Y Quim se había convertido en un niño bueno, pero holgazán.

Cuando al fin se levantó de la cama, su madre le pidió que bajase a la tienda a comprar una barra de pan. Quim se hizo el sordo y fingió no haber oído a su madre. Pero esta insistió. Él le hizo creer que iría a comprar esa barra de pan, pero en cuanto se encontró en el pasillo de la casa, cambió de dirección, se fue al cuarto de estar y encendió el televisor.

Quim era bueno, pero desobediente.

Cuando al cabo de un rato la madre lo descubrió ante el televisor, embelesado con una película de dibujos animados, se enfadó mucho con él y le echó una buena reprimenda. Quim no tuvo más remedio que apagar el televisor y marcharse a comprar el pan.

Fue entonces cuando la madre se fijó en sus ojos, o mejor dicho, en las legañas de sus ojos.

—¡No te has lavado! –se indignó.

—Es que... no tenía ganas –trató de disculparse Quim–. Lo haré cuando vuelva de comprar el pan.

—¡Lo harás antes de salir a la calle! –el tono de las palabras de su madre subía cada vez más–. ¡Ahora mismo!

Y solo para capear el temporal que se le venía encima, Quim se lavó la cara y se peinó deprisa y corriendo. Luego, con un gesto de disgusto reflejado en su rostro, salió a la calle.

Todo el mundo sabe que hay personas malas que son muy limpias, que se pasan el día lavándose, que se echan incluso colonia para oler bien. Por el contrario, hay personas buenas que son unas cochinas, que se lavan poco y mal y que huelen incluso a larga distancia. Desde aquella mañana, Quim era un niño bueno, pero guarro.

Cerca de su casa había dos tiendas donde podía comprar el pan: una, continuando por la misma calle Rosselló, unos números más adelante; la otra, bajando por Cartagena. Estuvo pensando un rato a qué tienda dirigirse y al final se decidió por la de la calle Cartagena. Montse vivía en el portal siguiente a la tienda y pensó que tal vez la encontrase. Tenía ganas de echarse a Montse a la cara. Al fin y al cabo, ella había provocado todo lo que le había ocurrido la noche anterior.

Pero en la tienda solo estaban la dependienta, una chica joven con cara de pan de hogaza, y una clienta muy alta y desgarbada, con pinta de *baguette*.

Compró la barra y salió de nuevo a la calle. Justo cuando iba a volverse en dirección a su casa, vio que Montse salía del portal de la suya. Se alegró mucho del encuentro y la esperó junto a la tienda.

—Hola, Montse.

—Hola, Quim.

—¿Ya has salido a pasear para prevenir las hemorroides? –le preguntó de sopetón.

—No te hagas el gracioso –se molestó un poco Montse–. He venido a comprar una barra de pan.

—Yo, también.

—Ya lo veo.

Montse le dio la espalda y entró en la tienda. Pero Quim no se movió del sitio y esperó resuelto hasta que ella salió también con su barra de pan bajo el brazo.

—Te acompañaré hasta tu portal –le dijo entonces Quim.

—¡Cuánta amabilidad! –se burló Montse–. Supongo que lo harás porque mi portal está a diez metros de aquí.

—¡No lo hago por eso! –esta vez fue Quim quien se molestó.

—¿Por qué lo haces entonces?

—Quería hablar contigo de una cosa importante.

—¿Importante?

—¡Muy importante!

Montse abrió unos ojos como platos y se quedó mirando fijamente a Quim, esperando que le revelase algo extraordinario. Pero él no le dijo ni una sola palabra, se limitó a cogerla de una mano y a echar a andar.

—¿Adónde me llevas? –se quejó ella.

—Por aquí nos conoce todo el mundo –respondió él–. Y no me gustaría que alguien que nos conozca oiga lo que vamos a hablar.

Montse había bajado solo a comprar el pan, y sabía que si se retrasaba más de la cuenta sus padres comenzarían a preocuparse, pero era tanta la curiosidad que le había despertado Quim, que lo siguió casi sin rechistar. Cuando se alejaron un par de manzanas, él miró en todas direcciones, como si se estuviera cerciorando de que nadie los había seguido. Luego, señaló un banco de madera que había en la acera y los dos se sentaron sobre el respaldo.

Quim partió el pico de la barra de pan y comenzó a comérselo.

—¡Habla de una vez! –le apremió Montse.

Pero antes de hablar, él pellizcó otro pedazo de pan, que también se comió. Sabía que a su madre le molestaba que llevase el pan mordisqueado, pero no por ello dejó de hacerlo.

Una cosa es ser bueno, como lo era Quim, y otra cosa ser un desconsiderado.

Al cabo de un rato, Quim se volvió decidido hacia Montse y le dijo:

—Nadie debe enterarse de lo que vamos a hablar, pues de lo contrario podrían tomarnos por locos. ¿Estás de acuerdo?

—¡Pero si no sé de qué vamos a hablar!

—No importa. Tienes que decirme si estás de acuerdo o no.

—Estoy de acuerdo –Montse aceptó las reglas de aquel juego aparentemente tan absurdo.

Cuando Quim consiguió la complicidad de Montse, se dispuso a hacerle la pregunta clave. Tragó el último trozo de pan y se aclaró la garganta.

—¿Cómo sabías tú que dentro de las torres de la Sagrada Familia vive un hada?

Montse se tapó la boca con la mano que le quedaba libre para no soltar una carcajada.

—¿Y para eso tanto misterio? –dijo sin dejar de reír–. Yo pensé que ya no eras un bebé.

—¡Si vuelves a llamarme bebé, te daré un puñetazo!

Uno puede ser bueno y, al mismo tiempo, tener de vez en cuando arranques violentos. Eso es lo que le pasaba a Quim.

—¡Si me das un puñetazo, yo te daré tres y además una patada! –Montse era de las que no se amedrentaba por nada, y mucho menos por las amenazas de su mejor amigo.

Montse había pronunciado palabras mayores. Quim ya sabía cómo se las gastaba, por eso dio marcha atrás e insistió con la pregunta.

—Respóndeme, por favor.

—Me lo inventé –contestó al fin Montse–. Soy una niña con mucha imaginación.

—¿Quieres decir que lo del hada que vive dentro de las torres de la iglesia te lo inventaste tú?

—¿Estás sordo? Ya te lo he dicho.

—¡Es imposible! –Quim estaba hecho un verdadero lío.

—Soy capaz de inventarme eso y cosas mucho más increíbles.

Quim volvió a dar otro pellizco a la barra de pan y, con la boca llena, como si no pudiera esperar, dijo:

—¡Pero es verdad! En las torres de la Sagrada Familia vive un hada. Bueno, no vive allí de continuo, pero a veces se pasa por allí porque dice que le gustan los lugares mágicos.

Y con pelos y señales, sin olvidarse de ningún detalle, le contó a su amiga lo que le había sucedido la noche anterior, después de que se separasen junto a la iglesia. Y ponía tanto empeño, tanto sentimiento, tanta emoción..., que la embelesó por completo. Ella lo escuchaba con los ojos muy abiertos y la boca de par en par.

Cuando terminó el relato, los dos permanecieron unos minutos en silencio. Luego, Quim pellizcó otra vez el pan y negó ostensiblemente con la cabeza.

—Lo peor de todo es que me ha convertido en un niño bueno –dijo.

Durante un buen rato los dos permanecieron en silencio, mirándose, pero sin saber qué decirse.

Él continuaba pellizcando el pan como un autómata. Ella parecía una figura del Museo de Cera.

Un trueno lejano los devolvió a la realidad. El cielo estaba muy cubierto y amenazaba tormenta. Montse alzó ligeramente la cabeza y, agudizando aún más su gesto de sorpresa, preguntó:

—Entonces... ¿la luz verde del interior de las torres sale de la varita mágica de...?

—¡Sale de unas bombillas! –la interrumpió Quim–. Cuando se lo dije a Tecla se burló de mí.

—¿Tecla?

—Es el nombre del hada, se me había olvidado decírtelo. Pero a lo mejor ya no se llama así, porque le gusta cambiarse de nombre cada dos por tres. Basta con que le digas que no te gusta su nombre para que se ponga otro.

—A mí me gusta, aunque es un poco raro.

—Eso mismo le dije yo.

Una gota de lluvia le cayó a Montse en la punta de la nariz. Saltó del banco y se colocó frente a Quim.

—Está empezando a llover.

Quim también saltó del banco y los dos comenzaron a caminar despacio hacia sus casas. Mientras esperaban ante un semáforo en rojo, él dijo con resolución:

—Volveré esta noche.

—¿Volverás? –se sorprendió ella–. ¿Y para qué volverás?

—¿No lo entiendes? No quiero ser un niño bueno toda mi vida. Las cosas me iban bien siendo malo. Desde que soy bueno me he vuelto vago, desobediente, sucio... Hace un rato mi madre se ha enfadado conmigo. Eso no me ocurría cuando era malo.

Se oyó un trueno, mucho más cercano que el anterior, y las gotas de lluvia se intensificaron y crecieron en tamaño. Montse y Quim aceleraron el paso. Cuando llegaron al portal de ella, se refugiaron un instante junto a la puerta de hierro.

—Iré contigo –le dijo Montse.

—¿Te refieres a...? –Quim fingió no entender el ofrecimiento de Montse.

—Me refiero a que te acompañaré esta noche a las torres de la Sagrada Familia.

—¿Estás segura?

—Sí.

Aunque trató de no reflejarlo en la expresión de su rostro, a Quim le satisfizo que Montse lo acompañara. Además de ser su mejor amiga, era valiente y decidida, de las que no se asustaba por cualquier cosa.

—Cuando salgas a dar tu paseo por la tarde, llámame por el telefonillo del portero automático. Yo bajaré enseguida. ¡Ah!, di a tus padres que volverás un poco más tarde.

Quim llegó a su casa con la barra de pan por la mitad y completamente mojada. Su madre la cogió y se quedó mirándola.

—Pero... ¿esto qué es? –dijo indignada.

—Es que... está lloviendo –se justificó Quim.

—¿Y no podías haber esperado en la tienda hasta que escampase?

—No tiene pinta de escampar.

—Pues haber pedido una bolsa de plástico.

Luego, la madre se interesó por el trozo que faltaba y, claro, al final la reprimenda fue de las buenas.

«Cuando era un niño malo no me ocurrían estas cosas», pensó Quim.

A mediodía la tormenta descargó con fuerza sobre Barcelona. Era una de esas típicas tormentas de comienzos del otoño. Oscureció tanto que casi parecía de noche, los truenos se sucedían sin interrupción mientras el cielo se llenaba de fogonazos, como si una legión de fotógrafos estuviera empeñada en retratar la ciudad desde las alturas.

Quim observaba la tormenta desde la terraza cubierta de su casa y pensaba que, de seguir así el tiempo, no podrían ir al anochecer a la Sagrada Familia.

Pero por la tarde todo cambió. El Mediterráneo se tragó las nubes oscuras y el cielo recobró un color azul, intenso y brillante, que después del chaparrón parecía incluso mucho más azul. La ciudad, mojada y limpia, se mostraba esplendorosa.

Poco después de las cinco y media, cuando ya empezaba a dar muestras de nerviosismo, Quim oyó el timbre del telefonillo del portero automático. Corrió hacia el vestíbulo y descolgó el auricular.

—¿Quién es? –preguntó.

—Soy Montse.

—Bajo ahora mismo.

Y como en ese momento el ascensor estaba ocupado, bajó andando, o mejor dicho, corriendo. Y aunque tropezó un par de veces y a punto estuvo de rodar escaleras abajo, llegó sano y salvo al portal. Como un rayo, salió a la calle.

—Te has retrasado –le increpó a Montse.

—No habíamos quedado a ninguna hora –se defendió ella.

—Pero yo pensaba que vendrías antes.

—No tenemos prisa. Hasta que anochezca no podremos entrar en la iglesia.

—Pero ya estoy impaciente.

Montse propuso a Quim descender por la calle de la Marina hasta el Port Olimpic y volver por el mismo sitio; pero Quim se negó rotundamente. Una de las cosas que más le gustaba de su ciudad era precisamente el mar, y siempre que tenía ocasión de acercarse hasta la orilla, bien del puerto, o bien de alguna de las playas, disfrutaba de lo lindo. Cuando sentía el mar prácticamente a sus pies, experimentaba una sensación muy agradable. Sin embargo, ya conocía de sobra la calle de la Marina, que unía la Sagrada Familia con el Port Olimpic: hacia el mar resultaba muy cómoda, siempre cuesta abajo; pero en sentido contrario era un suplicio, pues la pendiente no cesaba ni un momento. Una cosa era dar un paseo y otra llegar con la lengua fuera.

Caminaron, por tanto, por las calles que discurrían en paralelo al mar –Rosselló, Provença, Mallorca...–, y sin alejarse demasiado de la iglesia. En cuanto llegaban al paseo de Sant Joan, por un lado, o a Camp de l'Arpa, por el otro, Quim se negaba a continuar avanzando y daban la vuelta.

—Por aquí es más aburrido –protestaba Montse.

—A las hemorroides les da igual una calle que otra.

Y así, poco a poco, se les hizo de noche.

4

LOS autocares de los turistas que permanecen durante todo el día aparcados por las inmediaciones de la iglesia se habían marchado ya, las tiendas echaban el cierre, los vendedores ambulantes cargaban sus mercancías en viejas furgonetas, algún vagabundo se acurrucaba en un banco tratando de conciliar el sueño...

Y de pronto, como un milagro cotidiano, las torres de Levante de la Sagrada Familia, las que conformaban la impresionante fachada del Nacimiento, volvieron a iluminarse.

Quim y Montse se quedaron un buen rato mirándolas, con la cabeza levantada y los ojos tan abiertos como la boca, embelesados. Parecía como si nunca antes las hubieran visto, a pesar de que habían pasado cientos de veces –o miles– por allí.

—¿Crees que podremos entrar? –preguntó Montse.

—Sí –respondió Quim, sin apartar la mirada de las torres.

—¿Estás seguro?

—La verja que da a la calle Provença no es muy alta. Podremos saltarla con facilidad.

—Yo me refería a las torres –añadió Montse–. Si la puerta está cerrada, no sé cómo vamos a entrar en ellas.

—Tendremos que esperar hasta que llegue Tecla.

—¿Y si hoy no viene?

Quim miró a Montse. Él ya había pensado muchas veces en esa posibilidad, pero como no le gustaba, había tratado de apartarla de su mente. ¿Por qué Montse tenía que recordárselo ahora?

—Si no viene..., ¡estamos apañados! –reconoció al fin.

Se situaron junto a la verja y esperaron el momento propicio, que no tardó en producirse. A Quim le sorprendió la agilidad de Montse, que cuando él se encontraba encaramado en lo más alto de la verja, tratando de no engancharse los pantalones con los remates puntiagudos, ya había pasado al otro lado y, desde el suelo, le increpaba para que fuese más rápido.

—¡Vamos, date prisa!

—¡Ya voy!

—¡Te pesa mucho el culo!

Cuando al fin tocó el suelo al otro lado de la verja, Quim sintió un gran alivio, no tanto por haber superado aquel obstáculo como por evitar los reproches de su amiga. Pensó entonces que debería hacer más deporte, y no solo por prevenir las hemorroides.

Sin perder un minuto, Quim condujo a Montse hasta las torres de la fachada del Nacimiento y, como sospechaban, la puerta de acceso estaba bien cerrada. A pesar de ello, y como había visto en alguna película, Quim cargó contra la puerta. Del encontronazo solo consiguió un fuerte dolor en un hombro

—Es demasiado pesada –reconoció finalmente, frotándose con las manos el hombro dolorido.

—¿Y ahora qué hacemos? –preguntó enseguida Montse.

—Esperaremos un rato.

Para evitar que alguien pudiera verlos se retiraron hacia un lateral y se parapetaron tras las grandes piedras que había amontonadas en el suelo. Y allí esperaron pacientemente.

Al cabo de unos minutos, Montse, asaltada por una duda, se volvió a Quim.

—¿Y si llega volando y no utiliza la puerta? –le preguntó–. Me aseguraste que ella podía volar, aunque no tiene alas.

—Vuela mejor que un pájaro, mejor que un parapente, mejor que un Airbus...

—¿Entonces...?

—Si dentro de un rato no aparece, entraremos nosotros.

—¿Cómo?

—Escalaremos la fachada. No creo que resulte difícil escalarla, está llena de entrantes y de salientes.

—No estés tan seguro. Ni tú ni yo somos alpinistas.

Llevaban esperando aproximadamente diez minutos cuando comenzaron a oír unos ruidos muy extraños. Parecían pisadas, pero desde luego no se trataba de las pisadas de Tecla. Era alguien más pesado, mucho más pesado. Y a medida que se acercaba, aquel ruido era más contundente y más desconcertante. Ya ni siquiera parecían pisadas, sino mazazos tremendos en el suelo que hacían temblar el pavimento.

—¿Qué es eso? –preguntó asustada Montse.

—Parece como si se estuviera acercando un tanque, o algo por el estilo.

—¿Ayer oíste también este ruido?

—No.

Asustados, se acurrucaron en su escondite, sin hacer ningún movimiento que pudiera delatar su presencia. Pero, tras unos segundos de incertidumbre, la curiosidad superó al miedo y, por eso, ambos asomaron la cabeza por encima de las piedras y pudieron verlo con la mayor claridad.

—¿Estás viendo lo mismo que yo veo? –vol-

vió a preguntar Montse, entre sorprendida y espantada.

—Sí.

—¿No estoy soñando?

—No creo que los dos estemos soñando la misma cosa a la vez.

—Entonces... ¿es real?

—Creo que sí.

—¿Y qué es?

—No lo sé, pero me suena de algo.

—¿Te suena?

—Quiero decir que tengo la sensación de haberlo visto antes en algún lugar.

Se trataba de una especie de columna irregular de piedra de gran tamaño, rematada por algo que recordaba a una cabeza cubierta por el yelmo de un guerrero de otra época. Su aspecto era imponente, parecía un caballero medieval que volvía de una guerra y no había tenido tiempo de quitarse la armadura, aunque curiosamente la armadura no era de metal, sino de piedra. Pero, aunque parecía un guerrero, no podía tratarse de un ser humano, pues su tamaño excedía las dimensiones de cualquier persona, por alta y fuerte que fuera. Eso sí, en su forma y en sus movimientos había algo de androide.

Este extraño ser, o cosa, caminaba hacia la puerta cerrada de las torres de la iglesia. Parecía costarle trabajo caminar, pues en realidad no tenía unas piernas bien definidas. La columna que conformaba casi todo su cuerpo tenía que hacer movimientos muy extraños para poder desplazarse de un lado a otro. Era sorprendente ver cómo algo en apariencia tan sólido como una roca se estiraba y encogía como un muelle.

Quim y Montse estaban tan impresionados por aquella visión que se olvidaron por completo de su situación y de las precauciones que se habían propuesto tomar. Por eso, sin darse cuenta, se incorporaron más, hasta asomar medio cuerpo por encima de las piedras.

Y aquella *cosa* gigantesca debió de sentirse observada, porque de repente se detuvo en seco y volvió su cabeza hacia los muchachos, que se habían quedado –y nunca mejor dicho– petrificados.

—¡Eh! –se sorprendió la columna–. ¿Quién anda por ahí?

Montse y Quim se miraron moviendo solo sus ojos. No sabían qué hacer ni qué decir.

La columna dio unos pasos hacia ellos y, cuando ya los tenía a poca distancia, se inclinó ligeramente, como si quisiera observarlos más de cerca. Su cabeza, o el yelmo de piedra que debía ocultar su cabeza, era impresionante: afilado en el centro, con dos aberturas rasgadas a cada lado para permitir una buena visión y con una franja ancha que lo rodeaba por la parte inferior y que se supone debería proteger el cuello de quien lo llevara puesto.

—¿Quiénes sois?

La voz no se sabía de dónde provenía, pero resultaba extraña, cavernosa, como si saliera del interior de un pozo profundo. Producía, incluso, un poco de eco.

—Yo... soy Quim –respondió Quim.

—Yo... soy Montse –respondió Montse.

—¿Y qué hacéis aquí a estas horas? –volvió a preguntar la columna en el mismo tono.

—Esperamos a Tecla –dijo Quim.

—¿El hada?

—Sí.

—No creo que esta noche venga a las torres de la Sagrada Familia, la he dejado muy ocupada. Aunque, tratándose de Tecla, nunca se sabe. ¡Es tan imprevisible!

Aquella columna, que parecía un guerrero de la Edad Media, irradiaba algo especial; pero algo que nada tenía que ver con su aspecto de guerrero, sino todo lo contrario. Irradiaba sosiego, tranquilidad, calma, paz... Cada vez que hablaba se inclinaba ligeramente hacia delante, como si así viera mejor a los muchachos.

—Tengo entendido que a estas horas no se puede entrar aquí –continuó con su tono invariable de voz–. Ya ha terminado el horario de visitas para los turistas.

—Nosotros no somos turistas –se apresuró a

aclarar Quim–. Vivimos en este barrio, muy cerca de aquí.

—Pero las puertas se cierran para todo el mundo, turistas y vecinos.

Cada segundo que pasaba, Quim y Montse se sentían menos intranquilos ante la presencia de aquella *cosa*. Por eso, él se atrevió a darle algunas explicaciones:

—Tienes razón. Hace tiempo que han cerrado y nadie debería estar aquí. Pero tenía que volver. Ayer entré en las torres para ver de dónde procedía la luz verde que hay en el interior y me encontré a Tecla. Estuvimos un rato charlando y... antes de marcharse me hizo una faena tremenda. Por eso hoy necesito volver a verla, por eso hemos saltado la verja otra vez.

—Supongo que se tratará de algo importante –comentó la columna.

—Importantísimo.

—Pues yo os aconsejo que no sigáis esperando –la columna se encogió de hombros–. Solo perderéis el tiempo. Ya os he dicho que Tecla no vendrá hoy.

—Esperaremos por si acaso –replicó Quim.

Con sus movimientos lentos y rotundos, la columna se volvió hacia la fachada y con su misteriosa mirada pareció buscar a alguien.

—Creo que ya me están esperando. Debo marcharme antes de que empiecen a impacientarse.

—¿Quién te espera? –nada más formularla, Quim se arrepintió de haber hecho una pregunta semejante, pues le pareció una verdadera osadía preguntar algo a un ser tan impresionante y extraño.

—Los trompetistas –respondió con la mayor normalidad la columna.

Montse y Quim se miraron sorprendidos. Las cosas, lejos de aclararse, se complicaban cada vez más. ¿A qué trompetistas se refería aquel ser? Entonces Quim se propuso averiguar todo lo posible. La columna parlante no parecía peligrosa y, por el contrario, siempre respondía cuando se le preguntaba. Además, el chico no podía apartar de su cabeza la fachada opuesta a la que se encontraban, la de Poniente; recordaba con claridad un conjunto de esculturas que la adornaban y tenía la sensación de que aquella columna formaba parte de ellas.

—Yo te he visto antes.

—Mucha gente me ha visto –reconoció la columna.

—Tú estás en la otra fachada de la iglesia, la de Poniente.

—¡Falso! –respondió la columna, y por primera vez su voz adquirió un tono más severo, como de indignación y enfado.

—Perdona si te he molestado –se apresuró a disculparse Quim.

—¡Esas estatuas de piedra de guerreros a las

que te refieres son solo una imitación! ¡Yo soy auténtica!

—Entonces... ¿quién eres?

—Una chimenea –respondió al fin, y se inclinó hacia delante hasta conseguir un ángulo recto, para que los muchachos pudieran observar su interior–. ¿Lo veis?

—¡Está hueca! –exclamó Montse.

—En efecto, estoy hueca, como cualquier chimenea. Pero no penséis que soy una chimenea normal y corriente, soy una de las chimeneas más originales y famosas de Barcelona, y hay quien asegura que del mundo entero. Junto a mis compañeras, lleno de magia y de arte el tejado de la casa Milà, esa casa que todo el mundo llama La Pedrera. ¿Habéis oído hablar alguna vez de La Pedrera?

Montse y Quim volvieron a mirarse, y en sus respectivas miradas podía leerse la misma pregunta: «¿Cómo no nos habíamos dado cuenta antes?». Porque ahora lo veían con claridad. Aquel ser que tanto les impresionaba era una chimenea de La Pedrera, una de las casas más famosas de la ciudad.

—Por supuesto que hemos oído hablar de La Pedrera, y no solo eso, sino que también hemos visto muchas veces la casa –Montse quiso dejar claro que no eran unos ignorantes que desconociesen los rincones más famosos de su ciudad.

Solo los nervios, motivados por la tensión vivida, podían haberles causado aquella mala jugada. Ahora lo veían claro: estaban ante una de las chimeneas del tejado de La Pedrera, una de esas famosas chimeneas que aparecen por todas partes. Ellos nunca habían subido al tejado, pero incluso algunas de esas chimeneas podían verse desde la calle. Además, había postales en las tiendas del barrio, fotografías en revistas y en las guías de la ciudad, reportajes por televisión... ¡Hasta en el colegio habían hablado algún día de La Pedrera! Sí, estaba muy claro, aquella *cosa* era una chimenea.

—Yo pensaba que las chimeneas no podían moverse del sitio –dijo al cabo de un rato Montse.

—Y tienes mucha razón –respondió la chimenea–. Pero yo no soy una chimenea normal y corriente y, por eso, me permito algunas licencias.

Tras unos minutos de charla, la chimenea pareció inquietarse un poco. No hacía más que volver su cabeza de yelmo hacia la fachada del Nacimiento, como si con este gesto estuviera dando a entender a los muchachos que tenía que hacer algo mucho más importante que estar charlando con ellos.

Quim y Montse se dieron cuenta, pero su curiosidad quería retener durante más tiempo a la sorprendente chimenea. ¡Era tan insólito y extraordinario! Sin darse cuenta, ellos mismos estaban siendo atrapados por aquella experiencia fascinante.

—¿Es verdad que la están esperando unos trompetistas? –preguntó Quim, recordando las palabras que la chimenea había pronunciado poco antes.

—Sí, ya deben de llevar un rato esperándome. Estarán impacientes. Habíamos quedado para jugar una partida de cartas y creo que llegaré con mucho retraso.

—¿Dentro de las torres hay trompetistas? –esta vez fue Montse la que preguntó con incredulidad.

—Se trata de unos ángeles, y no están dentro de las torres –respondió la chimenea como si tal cosa–. Si alzáis la mirada, vosotros mismos podréis verlos. Hay dos a cada lado. No llevan alas y sus trompetas son largas, muy largas.

Quim y Montse alzaron sus cabezas al instante y buscaron con la mirada a los ángeles trompetistas. No les resultó difícil localizarlos. Como les había advertido la chimenea, sostenían entre sus manos unas larguísimas trompetas.

—¡Ahí están! –Montse señaló con sus manos las estatuas de piedra de los ángeles.

—No se moverán del sitio hasta que yo llegue –añadió la chimenea.

—Pero... –Quim estaba hecho un verdadero

lío–, ¿quiere decir que va a jugar a las cartas con unas estatuas de piedra?

—¿Te parece raro?

Quim observó a la chimenea y se encogió de hombros. Desde luego, que unos ángeles de piedra jugasen a las cartas no era más raro que una chimenea anduviese de un lado para otro como si tal cosa.

—No, claro... –respondió.

—Vengo hasta aquí porque a los trompetistas les gusta el mismo juego que a mí: el mus –la chimenea quiso darles algunas explicaciones más–. En La Pedrera siempre hay que jugar al cinquillo, y el cinquillo es un juego aburrido y sin interés. Es mucho mejor el mus.

Y decidida a reunirse de una vez con sus amigos trompetistas, la chimenea comenzó a avanzar con resolución hacia una de las puertas de las torres. A Quim y a Montse les habría gustado continuar hablando con aquella chimenea, porque hablar con ella era como traspasar una frontera invisible y situarse al otro lado de la realidad, o quizá dentro de una realidad que nunca habían imaginado. Pero por más que buscaban un tema de conversación, sus mentes parecían haberse quedado en blanco.

La chimenea estaba subiendo ya los escalones que la llevaban hasta la puerta. Entonces Quim recordó algo.

—Y si no viene esta noche, ¿dónde podremos encontrarla? –gritó.

—¿A quién? –pareció sorprenderse la chimenea.

—A Tecla.

—¡Ah! Buscadla en el tejado de La Pedrera. Allí la he dejado hace un rato jugando al cinquillo. Ella es de las que disfrutan con ese juego tan tonto.

—¿Pero cómo podremos entrar?

—¡Hum! –la chimenea movió su cabeza de un lado a otro–. Eso es difícil. Desde que un banco la ha comprado, la casa se ha convertido en una fortaleza y está toda llena de medidas de seguridad. Lo mejor será que llaméis a Andreu.

—¿Quién es Andreu?

—Es el portero de la casa de al lado. Cuando Andreu os pregunte, solo tenéis que repetir tres veces la palabra «cinquillo». ¿Lo recordaréis?

—Sí.

—Esa es la contraseña. Andreu os conducirá hasta el tejado de su casa y desde allí, con un poco de agilidad, podréis saltar al tejado de La Pedrera. Tal vez cuando lleguéis aún no haya terminado la partida.

—¿Va mucha gente a jugar al cinquillo? –preguntó Montse.

—¡Mucha, ya lo creo! –respondió la chimenea–. Yo he visto a más de una farola del paseo de Gracia, a la fuente de Canaletas, a la Dama del Paraguas y hasta al mismísimo Cristóbal Colón todo recubierto de cagadas de pájaro.

La chimenea reanudó su paso rotundo hacia la puerta. Al llegar a ella, una parte de su cuerpo pétreo formó un pliegue que, con gran destreza, se enganchó al picaporte para hacerlo girar. La puerta se abrió de par en par y la chimenea entró con ciertas dificultades debido a su gran tamaño, que excedía la altura del dintel.

—¡No lo entiendo! –exclamó entonces Quim–. ¡Abren la puerta como si tal cosa!

Al cabo de un rato, y como poseídos por la misma idea, Quim y Montse miraron hacia arriba. La impresionante fachada del Nacimiento seguía iluminada, aparentemente ajena a cuanto había sucedido; pero por más que los buscaron, los ángeles trompetistas no estaban en su sitio.

—¡Han desaparecido! –exclamó Montse.

—La partida de mus habrá comenzado ya –razonó Quim.

5

VOLVIERON a saltar la verja, pero esta vez en sentido contrario, abandonando así el recinto de la iglesia de la Sagrada Familia. Quim se mostraba desolado y Montse impaciente. Él, como era su deseo, no había conseguido encontrar a Tecla para que volviera a convertirlo en un niño malo; ella estaba seriamente preocupada por la hora, ya que era muy tarde y, si no volvía de inmediato a casa, sus padres comenzarían a sufrir de verdad.

—Deprisa, deprisa –le apremió a Quim, para que anduviera más rápido.

—Me da igual llegar tarde –Quim dibujó en su rostro un gesto de indiferencia al pronunciar estas palabras–. Me da igual todo.

—¿Cómo puedes decir eso? –se extrañó Montse.

—¿No lo entiendes? Puedo pasarme toda la vida convertido en un niño bueno.

—Eso no es tan grave. Yo creo que a la mayoría de los niños les encantaría ser buenos.

—¡Pero a mí no!

—Te acostumbrarás.

—¡No me acostumbraré jamás!

Quim estaba seriamente disgustado, y el disgusto le afectaba más de lo que podía imaginarse. Renegaba constantemente en voz baja por su mala suerte y daba patadas al mismísimo suelo, como si él tuviera la culpa de sus desdichas. De pronto, se detuvo en seco. Montse no tuvo más remedio que detenerse también.

—No te pares –le increpó la chica–. Es muy tarde.

—Yo no continúo –dijo entonces Quim con mucha solemnidad.

—¿Qué? –se sorprendió Montse–. ¿Qué quieres decir?

—Que no vuelvo a casa –explicó Quim–. Lo he decidido.

—Pero si no volvemos ahora mismo a casa... –ella trataba de explicarle lo que era evidente.

—Sé lo que pasará –la cortó Quim–. Nuestros padres se preocuparán mucho y cuando regresemos nadie nos librará de una bronca de campeonato y de un castigo que recordaremos durante mucho tiempo. Pero no pienso cambiar de opinión.

—¿Y qué vas a hacer?

—Buscar a Tecla en el tejado de La Pedrera, tal y como nos ha dicho la chimenea.

—Pero ni siquiera es seguro que continúe allí.

—Tengo que intentarlo.

—Podemos ir mañana –Montse trataba de encontrar una solución más razonable.

—No puedo esperar hasta mañana –Quim estaba decidido–. Pero no hace falta que tú me acompañes. Será mejor que vuelvas a casa, incluso llama a mis padres y diles que me he entretenido por ahí y que no tardaré en regresar.

Quim era desde la noche anterior un niño bueno. Pero... ¿ser bueno significa llegar a casa a la hora que los padres han fijado con anterioridad? Quim era bueno, sí; pero desde luego no iba a ser puntual.

Se despidieron con una mirada en el cruce de las calles Provença y Padilla, sin pronunciar una sola palabra más

Quim volvía sobre sus pasos, con intención de llegar hasta La Pedrera y conseguir subir al tejado; pero apenas había avanzado veinte metros cuando oyó una voz a sus espaldas. Era una voz conocida, muy familiar.

—¡Quim!

Se giró y esperó a que Montse, que corría a su encuentro, llegase hasta él.

—Qué ocurre? –le preguntó.

—Voy contigo.

—¿Estás segura?

—Sí.

Quim miró a Montse y su mirada se llenó de

emoción. Siempre había tenido claro que ella era su mejor amiga, pero ahora incluso se lo estaba demostrando con generosidad. Prefería acompañarlo aunque luego se ganase una buena reprimenda de sus padres. Sin duda, habría comprendido lo importante que para él resultaba recuperar su condición de niño malo.

La cogió de la mano y reanudaron juntos la marcha.

Cuando llevaban un rato caminando, Montse, que sin duda no podía apartar la preocupación de su mente, le preguntó a Quim:

—¿A qué hora crees que podremos regresar a casa?

—No lo sé, pero no creo que tardemos mucho.

—Yo no estoy tan segura.

—Solo tenemos que encontrar a Tecla y decirle que vuelva a hacerme malo. Luego regresaremos a casa sin perder un segundo.

—¿Crees que llegaremos antes de las doce?

—Imagino que sí.

—Yo nunca he llegado a las doce de la noche a mi casa.

—Ni yo tampoco.

—¿Y por qué no llamamos por teléfono?

—Si llamamos por teléfono, nuestros padres querrán que volvamos de inmediato. No nos dejarán tiempo ni para darles una explicación. Llamaremos en cuanto Tecla me haya convertido otra vez en malo. Ya nos inventaremos alguna excusa.

—Tendrá que ser una excusa buena.

—Seguro que se nos ocurre algo.

Aunque los dos caminaban algo fatigados, en parte por la emoción y en parte por el cansancio, mantenían el paso firme. Por eso, no tardaron mucho tiempo en llegar a su destino: el cruce de Provença con el amplísimo y señorial paseo de Gracia, que mostraba una animación que no tenían las calles adyacentes.

Se detuvieron frente a la inmensa casa de piedra que, situada en el mismo esquinazo, se abrazaba a las dos calles. Su fachada, completamente iluminada, parecía un mar de dunas, al que el viento había dado forma caprichosamente. Como estaban muy cerca, más que ver, intuían el tejado, también lleno de luces y sombras.

Durante un buen rato, atrapados por aquella mole de piedra ondulada, los muchachos no pudieron apartar su mirada de la casa. Cuanto más la observaban, más irreal y sorprendente les parecía.

Al cabo de unos minutos Montse reaccionó. Tiró de Quim hacia el portal de la casa de al lado y le preguntó:

—¿Recuerdas cómo se llamaba el portero por el que teníamos que preguntar?

—Andreu –respondió Quim con seguridad.

—Yo tampoco lo había olvidado –sonrió Montse–. Solo quería poner a prueba tu memoria.

—Pues mi memoria es excelente –a Quim no pareció hacerle mucha gracia la prueba.

La casa de al lado, una casa vulgar con balcones, no tenía nada que ver con la magia de La Pedrera. Se acercaron al portal y empujaron varias veces la puerta de entrada.

—Está cerrada –dijo Quim.

—Es normal, a estas horas todos los portales están cerrados –le respondió Montse.

Entonces Quim se volvió hacia un lateral y acercó su cabeza al cuadro de pulsadores del portero automático. Allí figuraba el número de todos los pisos, acompañado del de cada vivienda, y en la parte inferior, algo separado del resto, había un último pulsador junto a un cartelito escrito a mano que decía: *portería*. Sin dudarlo un instante, Quim apretó aquel pulsador.

Al cabo de unos segundos, por el pequeño altavoz enrejillado de aquel panel, oyeron una voz estridente y metálica:

—¿Quién es?

—Preguntamos por Andreu –dijo Quim.

—Yo soy Andreu –respondió la voz antes de repetir la misma pregunta–. ¿Quién es?

—Somos Montse y Quim.

—¿Y qué queréis?

Las preguntas de Andreu eran como escopetazos, que retraían a los muchachos y los llenaban de dudas e incertidumbres.

—Entrar –volvió a responder Quim–. ¿Podría abrirnos la puerta?

—¡No! –parecía como si a Andreu le hubieran pisado un callo de un pie al tiempo de responder–. El horario de portería ha finalizado ya. Si buscáis a alguien, llamad al piso donde viva; y si no, largaos de una vez y dejadme en paz.

Un ruido seco les indicó que Andreu había colgado sin más el telefonillo. Quim y Montse se miraron algo desconcertados.

—¿Qué hacemos ahora? –preguntó Quim.

Montse negó un par de veces con la cabeza y esbozó una sonrisa.

—Te he pillado –le dijo.

—¿Qué quieres decir?

—Que no tienes tan buena memoria como creía.

—¿Por qué?

Ella apretó de nuevo el pulsador de la portería y acercó su cabeza al panel metálico.

Andreu no tardó mucho en responder y, como si intuyese que se trataba de las mismas personas, su voz sonó mucho más rotunda y desabrida:

—¿Quién es?

Entonces Montse pronunció las palabras mágicas:

—Cinquilllo, cinquillo, cinquillo.

—Bajo enseguida –Andreu cambió al instante el tono de su voz.

Quim pensó que Montse tenía razón. Tendría que hacer algo por su memoria. ¿Cómo era posible que no hubiera recordado en el momento oportuno lo que le había dicho la chimenea?

Ya lo hemos explicado: nada tiene que ver ser bueno con tener mucha o poca memoria. Hay personas buenas y desmemoriadas y, al contrario, personas malas que lo recuerdan absolutamente todo. Por supuesto, también ocurre al revés.

Al cabo de un par de minutos se abrió la puerta y ante los asombrados ojos de los muchachos apareció Andreu, el portero de la finca, un hombre de unos cincuenta años, alto, flaco y desgarbado. Sus hombros eran excesivamente estrechos; su cuello, excesivamente largo; su nariz, excesivamente apimientada; sus gafas, excesivamente gruesas; su calva no podía ser excesiva porque era total, salvo cuatro pelos detrás de cada oreja. Vestía unos pantalones excesivamente viejos, con unos tirantes excesivamente dados de sí sobre una camiseta excesivamente sudada.

—Cinquillo, cinquillo, cinquillo –repitió Montse, para que aquella especie de conjuro surtiera más efecto.

Andreu sonrió y los invitó a pasar con un gesto de su brazo derecho, excesivamente peludo.

—Sois muy jóvenes –comentó.

—Sí –se limitó a responder Quim.

—Y muy normales.

—Sí.

—Mejor. Estoy harto de la gente rara.

Cuando iban a atravesar el portal en dirección a las escaleras, Andreu les señaló unos cristales que había en el suelo.

—Tened cuidado, no vayáis a pisar esos cristales. Aún no he tenido tiempo de recogerlos. Son de una lámpara que había en el techo. ¡Qué barbaridad! ¡Ha quedado hecha pedazos! Ahora tendré que inventarme una historia razonable cuando me pregunten los vecinos por ella. ¿Conocéis vosotros alguna historia razonable sobre lámparas rotas?

—No, creo que no –respondió Quim.

—Pues algo se me tiene que ocurrir, de lo contrario los vecinos me echarán a mí la culpa.

—¿Quién la ha roto? –le preguntó Montse.

—Ha sido ella. Cada vez que viene rompe algo –Andreu parecía indignarse al recordarlo.

—¿Ha sido... Tecla? –preguntó entonces Quim.

—No, no se trata de Tecla. El hada llega directamente al tejado, nunca utiliza mi portal. Me refiero a la mujer del pajarito.

—¿Y quién es la mujer del pajarito?

—¿Vosotros sois de Barcelona? –les preguntó extrañado Andreu.

—Sí –respondieron a dúo Montse y Quim.

—¿Y siendo de Barcelona no conocéis a la mujer del pajarito?

—Conocemos muchas cosas de nuestra ciudad —le replicó Montse—. En la escuela el curso pasado hicimos un trabajo sobre Barcelona. Pero a esa mujer...

—Se encuentra en el parque de Joan Miró. Es una escultura gigante y multicolor que está colocada en medio de un estanque. Su verdadero nombre es *Dona i Ocell*.

Aunque aquel parque estaba lejos de sus casas, en otro barrio, Montse y Quim lo conocían de sobra, y también la escultura a la que Andreu se refería. Pero de buenas a primeras se habían despistado.

—¿Quiere decir que la escultura ha estado aquí? —Quim trataba de aclarar lo sucedido.

—Ha venido a jugar un rato a las cartas, pero acaba de marcharse —les informó Andreu—. Y al salir se ha llevado la lámpara por delante. Es tan grande que siempre rompe algo. Y ahora... ¿podrías contarme una historia razonable sobre lámparas rotas?

—Creo que no —dijo Quim.

—En mi casa un día se rompió una lámpara por culpa de un cortocircuito —añadió Montse.

—¡Eso es! —gritó Andreu, al tiempo que dio un salto tremendo—. Un cortocircuito. ¿Cómo no se me había ocurrido antes? ¡Un cortocircuito! Eso será lo que les diga a los vecinos.

Comenzaron a subir por las escaleras. Aunque había ascensor, Andreu les explicó que era más seguro utilizar las escaleras, sobre todo para que los vecinos no los descubrieran. Al llegar al rellano del entresuelo, el portero se detuvo y les dijo:

—¿Me habéis traído un bolígrafo que escriba?

—No sabíamos que había que traerlo –le explicó Quim.

—No es obligatorio. Yo colecciono bolígrafos de todo tipo, incluso esos baratos que llevan publicidad estampada. Eso sí, todos escriben perfectamente. Tengo la portería llena de bolígrafos. No sé cuántos hay, pero un día los contaré. Quizá mil, quizá tres mil, quizá diez mil... La próxima vez traedme un bolígrafo que escriba.

—Lo traeremos –dijo Quim.

—Traeremos uno cada uno –añadió Montse.

—¡Fantástico! –volvió a saltar de júbilo Andreu.

Continuaron el ascenso por la escalera. Andreu iba delante y su forma de subir resultaba bastante extraña, pues tan pronto se paraba en seco como saltaba los escalones de tres en tres.

Al llegar a la primera planta les preguntó:

—¿Me habéis traído palillos?

—¿Había que traerlos? –Quim no ganaba para sorpresas.

—No es obligatorio, pero es que estoy construyendo una maqueta del *Titanic* con palillos.

Cuando la termine no cabrá por la puerta de la portería, así que quien quiera verla tendrá que entrar; eso sí, yo cobraré la entrada, como están haciendo los del banco desde que compraron La Pedrera.

—La próxima vez le traeremos un palillo –dijo Quim.

—Una caja –le corrigió Montse.

—¡Maravilloso! –Andreu repitió su salto y Quim y Montse pensaron que aquel hombre, enjuto, feo y desgalichado, podría ganarse la vida trabajando de saltimbanqui en un circo–. Cuando termine el *Titanic* a vosotros os dejaré verlo gratis.

Y continuaron el ascenso.

Como si obedeciera un rito, Andreu se detuvo en seco al llegar a la segunda planta. Se volvió a los muchachos y les dijo:

—¿Me habéis traído un mosquito?

—¡Un mosquito!

Si a Montse y Quim les habían resultado raras las solicitudes anteriores de Andreu, la última los dejó boquiabiertos. ¿Para qué podía querer un mosquito? Pero él mismo se encargó de explicárselo con toda suerte de detalles.

—Me gusta ir de pesca a los ríos caudalosos que nacen en los Pirineos. Y como mejor pesco es con mosquito. Yo mismo me fabrico los mosquitos con hilos de colores, pero necesito modelos en los que fijarme.

—La próxima vez cazaremos unos cuantos, los

meteremos en un tarro de cristal y se los traeremos –le dijo Quim.

—¡Bravo! –exclamó Andreu–. Yo a cambio os
daré una buena trucha.

En la tercera planta también se detuvo el portero, pero esta vez pareció hacerlo para descansar
un poco, pues su respiración se había acelerado
mucho y sus delgadas piernas le temblaban más
de la cuenta.

—Podemos descansar un rato –le dijo Montse.

—Es bueno hacer ejercicio –dijo Andreu con
la voz entrecortada–. Yo no voy a ningún gim-
nasio, ni levanto pesas, ni corro por las calles
con un pantalón corto, ni tengo en casa una bi-
cicleta de esas que no se mueven del sitio; sin
embargo, hago mucho ejercicio subiendo y bajando estas escaleras. Por cierto, ¿me habéis traído una boñiga?

—¿Una boñiga? –Quim no podía creerse lo
que acababa de oír. Ya le había resultado raro
que les pidiera un bolígrafo, palillos o mosquitos; pero de eso a una boñiga había un abismo.

—Una boñiga de vaca –insistió Andreu.

—En Barcelona no hay boñigas; es decir, no
hay vacas. Como mucho, alguna cagada de perro
por las aceras.

—Tienes razón –reconoció el portero, frun-
ciendo aparatosamente el entrecejo–. Lo que ocurre es que yo tengo una finca pequeña en el
campo, en el Vallès Oriental. En ella colecciono

boñigas de vaca. Las coloco en fila, una detrás de otra, sobre una pradera. He llegado a tener cientos. Pero la lluvia siempre acaba estropeándome la colección. Cuando tenga dinero mandaré construir un tejado que cubra toda la finca para que las boñigas no se deshagan con la lluvia.

Montse y Quim se miraron y evitaron cualquier comentario sobre las últimas palabras de Andreu. Los dos habían comenzado a pensar que aquel hombre estrafalario no estaba bien de la cabeza.

Por fortuna para Montse y Quim, al llegar al cuarto piso y luego al quinto y último, Andreu no dijo nada. Estaba tan fatigado que ya no podía ni hablar. Y si por un lado les producía un gran alivio que aquel hombre no les pidiera alguna otra cosa tan descabellada como las anteriores, por otro lado les producía angustia verlo extenuado, pues pensaban que podría darle un colapso o algo por el estilo.

Desde el último piso aún arrancaba un tramo de escaleras, que a buen seguro desembocaría en el terrado. Andreu, que respiraba con la boca abierta, les hizo un nuevo gesto para que lo siguieran y comenzó a subir aquellos escalones.

Se encontraron con una puerta cerrada, pero el portero sacó una llave de un bolsillo de su pantalón y la abrió. Los tres salieron a la terraza del edificio y, al instante, sintieron el frescor del aire de la noche. Andreu respiró un par de veces en profundidad y Montse y Quim lo imitaron.

—Ya hemos llegado –dijo el portero, que parecía recuperado del esfuerzo, y les señaló un resplandor que salía del tejado de la casa contigua, algo más alta–. El tejado de La Pedrera aún está iluminado.

—¿Y cómo podemos pasar allí?

Andreu cogió una escalera de mano que estaba en el suelo, la alzó y la apoyó contra la pared medianera.

—Por aquí podréis llegar con facilidad.

Y aquel hombre, como si fuese consciente de que su trabajo había concluido, se dio media vuelta y se dirigió hacia la puerta con la clara intención de bajar.

—Gracias –Quim se creyó en la obligación de agradecerle la ayuda que les había prestado.

—Recordadlo bien –les dijo Andreu antes de desaparecer tras la puerta–, la próxima vez traedme bolígrafos, o palillos, o mosquitos, o las tres cosas. Y si vais de excursión al campo y veis una buena boñiga de vaca, traédmela también.

Sin perder un momento, Quim y Montse comenzaron a subir por la escalera que debía conducirlos hasta el tejado de la casa de al lado, es decir, de La Pedrera.

6

NUNCA habrían imaginado que encima de aquella casa pudiera existir un lugar semejante. Lo primero que les llamó la atención fueron varias chimeneas, similares a la que habían conocido poco antes en la Sagrada Familia: a veces aparecían aisladas, a veces en grupos, pero siempre con esas cabezas imponentes de guerreros medievales protegidas por yelmos. Y junto a ellas se levantaban unas construcciones extrañas y multicolores, de formas imprecisas y caprichosas; construcciones que, aunque tuvieran una función más práctica, parecían pequeños templos que emergían de un ondulado mar de piedra.

La iluminación artificial daba a aquel lugar un aire fantasmagórico en medio de la ciudad inmensa que lo rodeaba por todas partes. Parecía una isla de fábula en medio del proceloso mar.

Montse y Quim permanecieron unos minutos inmóviles, observándolo todo con curiosidad y asombro, sin atreverse a caminar por ese espacio vacío y maravilloso.

—Me dijo Tecla que en Barcelona existían tejados mágicos –dijo Quim al cabo de un rato–. Ahora lo entiendo.

—¿Crees que estará aquí? –la pregunta de Montse los volvió a la más cruda realidad.

Se miraron, como para darse ánimos, y comenzaron a caminar entre aquel conjunto sorprendente de chimeneas. En apariencia no había nadie; las puertas de acceso se veían cerradas y el lugar completamente vacío. Pero ellos siguieron buscando, pues sabían que Tecla no necesitaba ninguna puerta para llegar hasta allí.

En algunos lugares había unos arcos que no parecían tener ninguna función especial, salvo adornar o proteger de un chaparrón inesperado. Habían pasado bajo uno de ellos y se dirigían al segundo cuando las voces de una conversación les hicieron detenerse en seco. Alguien –al menos dos personas– estaba hablando. Quim reconoció de inmediato una de aquellas voces.

—Es ella –le dijo a Montse.

—¿Estás seguro?

—Su voz es inconfundible.

Se acercaron procurando no hacer ruido y descubrieron bajo el arco al hada y a un ser que, solo de verlo, producía verdadero espanto. Ambos jugaban a las cartas, que estaban desparramadas por el suelo. Y el juego parecía tenerlos muy embelesados.

Durante las últimas horas Quim había soñado mucho con este encuentro; sin embargo, ahora que tenía a Tecla delante, a unos pocos metros, había algo que lo frenaba: la presencia inesperada de aquel ser que ponía los pelos de punta y que tenía toda la pinta de ser un dragón, un verdadero dragón alado. Y aunque era muy flaco de cuerpo, pues se le notaban todos los huesos, su boca descomunal repleta de afilados dientes producía pánico.

Casi sin darse cuenta, Quim y Montse habían comenzado a retroceder; pero fueron sus propios movimientos los que acabaron por delatarlos.

—¿Quién anda por ahí? –preguntó Tecla.

Las palabras de Tecla sirvieron de aviso al monstruo espantoso, que se irguió desplegando ligeramente sus alas y abrió las fauces de su bocaza. Su aspecto se tornó mucho más espeluznante.

—Soy yo –se apresuró a decir Quim, con la esperanza de que Tecla lo reconociera y evitase que aquel monstruo se los zampara de un solo bocado.

Tecla se puso en pie de un salto.

—¿Tú? –preguntó, y comenzó a reírse a carcajadas.

—Sí, yo..., es decir, Quim. Soy Quim.

—Y no has venido solo –a Tecla parecía hacerle mucha gracia el encuentro.

—Es mi amiga Montse –Quim creyó conveniente proceder a las presentaciones.

—¡Ah, Montse! Tú eres la niña que tiene un abuelo con una enfermedad aquí –y se señaló el trasero.

Montse miró a Quim con disgusto. ¿Por qué tenía que contarle a esa hada escandalosa lo de las hemorroides de su abuelo?

—Ya lo han operado y está muy bien –le explicó de mala gana a Tecla.

El hada quiso completar las presentaciones. Por eso, se volvió al monstruo alado y le dijo:

—Ellos son Quim y Montse.

Luego, se giró hacia los niños y les preguntó:

—¿Conocéis a Dragón de Hierro?

—No –respondieron ellos a la vez.

—¡Cómo que no! –Tecla comenzó a patalear, como si algo le hubiera disgustado–. ¿Es que no sois de Barcelona?

—Sí, los dos somos de Barcelona –le explicó Quim–. Vivimos en el mismo barrio, somos vecinos y...

—¿Y cómo es posible que no conozcáis a Dragón de Hierro? ¡Él también es de Barcelona! Lleva toda su vida viviendo en la ciudad y ya tiene más de cien años.

Era la segunda vez en muy poco tiempo que alguien les reprochaba no conocer bien su ciudad, o al menos a ciertos personajes de su ciudad.

—Lo siento mucho, de verdad, pero... –Quim, visiblemente confundido, buscaba excusas a toda prisa.

91

—Deberíais haberlo visto alguna vez –Tecla no dejaba de acosarlos con sus palabras–. Vive en una enorme puerta de hierro y su fotografía sale en los libros sobre la ciudad. Incluso, muchos turistas van a verlo todos los días para hacerse una foto a su lado.

Dragón de Hierro, como si se sintiera halagado por las palabras de Tecla, esbozó una sonrisa de complacencia y se contorsionó un poco, de manera algo ridícula, para que pudieran admirarlo mejor.

—Encantado de conoceros –dijo.

—Igualmente –hablaron a la vez los niños.

Entonces Tecla dio unas palmadas y con su voz estridente dijo:

—¡No se hable más! Habéis llegado en el momento oportuno. Dragón de Hierro y yo estábamos jugando al cinquillo. Jugaremos los cuatro.

Entonces Quim creyó que tenía que aclarar las cosas cuanto antes. Ellos no habían ido hasta allí a esas horas para jugar al cinquillo, sino por algo mucho más importante.

—Otro día podemos jugar al cinquillo, pero hoy es muy tarde para nosotros y...

—Entre dos ese juego no tiene interés –le cortó Tecla, sin prestarle ninguna atención.

—No nos importaría quedar en otro momento para jugar con vosotros –insistió Quim–. Pero hoy no podemos. Hemos venido solo porque yo quería que...

—Cuando juegan dos, siempre uno sabe las cartas que lleva el contrario, y así falta emoción –Tecla seguía erre que erre.

—Hemos venido porque yo no soporto ser un niño bueno –continuó Quim, un poco molesto por el desinterés que mostraba Tecla–. Era mucho más feliz cuando era un niño malo. Y como tú...

—Entre los cuatro la partida resultará emocionante.

La conversación entre Tecla y Quim era un auténtico diálogo de besugos.

—Quiero que me conviertas en un niño malo.

—Jugaremos por parejas.

—Tócame la frente con tu varita mágica.

—Dragón de Hierro y yo contra vosotros.

—¡Quiero volver a ser el que era antes de conocerte!

—¿Creéis que podréis ganarnos?

—¡Quiero ser malo!

No podían explicárselo, pero cuando se quisieron dar cuenta, Quim y Montse se encontraban sentados en el suelo, junto a Tecla y Dragón de Hierro, echando una partida al cinquillo. Y la intensidad con la que se vivía aquella partida les hizo olvidarse por unos momentos de sus verdaderas intenciones y concentrarse en el juego de naipes.

Ellos llevaban ventaja y tenían muchas posibilidades de ganar, y a los dos les apetecía mucho derrotar a aquella disparatada pareja que, casi a la fuerza, les había obligado a jugar.

De pronto, Dragón de Hierro alzó su cabezota y miró el cielo cubierto de nubes.

—Va a llover –dijo.

Quim y Montse cayeron en la trampa y miraron también hacia arriba, momento que aprovecharon Dragón de Hierro y Tecla para intercambiarse algunas cartas.

Cuando Quim volvió a centrarse en la partida tuvo la sensación de que algo raro había pasado, y este presentimiento se agudizó sobre todo cuando las cosas se torcieron inesperadamente y acabaron perdiendo.

—No lo entiendo –se quejó Quim en voz alta–. Teníamos la partida controlada y...

—Cosas del juego –rió Tecla.

Y entonces comenzó a llover.

La tormenta de la tarde parecía regresar y, tras el Tibidabo, refulgían los relámpagos con mucha intensidad. Los cuatro trataron de protegerse bajo el arco, pero el viento arremolinado hacía que el agua penetrase por ambos lados.

—Nos mojaremos –dijo Tecla, mientras recogía a toda prisa los naipes del suelo.

Quim, de pronto, pensó que aún no había conseguido sus intenciones, es decir, que Tecla lo transformase en un niño malo. Temió que la lluvia provocara una estampida del hada. Por eso, volvió a la carga con más decisión:

—¡Quiero que me conviertas en malo!

—Si se mojan los naipes, se estropean –Tecla iba a lo suyo.

—¡Quiero ser malo otra vez!

—El agua los arruga y los deforma.

—¡Saca tu varita mágica y toca mi frente con ella!

—¿Quién puede jugar a las cartas con una baraja más arrugada que un churro?

Conseguir que Tecla lo escuchase se había convertido para Quim en una tarea prácticamente imposible.

Dragón de Hierro salió del arco que los protegía y, desplegando sus alas inmensas, invitó a los demás a marcharse de allí.

—¡Vamos, vamos! Continuaremos la partida en mi cueva-laboratorio –dijo.

—¡Buena idea! –exclamó Tecla, y empujó a Quim y Montse fuera del arco.

Entonces, y sin darles tiempo a reaccionar, el dragón se abalanzó sobre Montse y la sujetó con las garras de sus patas largas. Luego batió las alas y remontó el vuelo con ella bien sujeta.

Quim, aterrorizado, se volvió a Tecla con intención de preguntarle; pero ella se lanzó sobre él, lo agarró con fuerza y también remontó el vuelo.

Desde las alturas, los muchachos contemplaban una increíble vista de su ciudad, una vista de la que posiblemente no habría gozado antes ningún ser humano. Podían abarcar prácticamente todo el conjunto urbano, desde el mar hasta las montañas, con sus calles rectilíneas, sus monumentos iluminados, y miles y miles de luces, como puntos de un firmamento de tejas y asfalto.

—¡Rápido! –gritó entonces Dragón de Hierro–. ¡La tormenta va a más y yo atraigo a los rayos!

Montse sintió un escalofrío que le recorrió todo el cuerpo y no pudo evitar una imagen en la que ella misma se veía toda churruscada por un rayo. Por primera vez gritó con todas sus fuerzas:

—¡¡¡Socorro!!!

Quim se había abrazado a Tecla, pues temía que si perdía su contacto se desplomaría sin remedio al suelo. A él también le había espantado la posibilidad de que un rayo alcanzase a Dragón de Hierro y, por consiguiente, a su amiga.

—¿Adónde vamos? –le preguntó al hada.

—A la cueva-laboratorio de Dragón de Hierro.

—¿Pero dónde está ese lugar?

—No muy lejos, en el parque Güell. ¿Tampoco conoces el parque Güell?

—¡Claro que sí! He estado muchas veces en

ese parque y no he visto ninguna cueva –le replicó Quim.

—Nadie la ha visto –le explicó Tecla–. Pero eso no quiere decir que no exista.

De pronto, un rayo surcó el cielo encapotado. Era una culebrina zigzagueante que parecía rasgar el mismísimo aire y que iba derechita hacia Dragón de Hierro. Quim pudo verlo y el terror le hizo dar un grito con todas sus fuerzas.

—¡Cuidado!

Avisado por Quim, Dragón de Hierro dio un inverosímil quiebro y consiguió esquivar el rayo en el último momento.

—Gracias, Quim –Dragón de Hierro le hizo una especie de reverencia en señal de agradecimiento–. Ha faltado muy poco. Si ese rayo llega a alcanzarme, tu amiga habría quedado como una chuleta a la parrilla –luego se relamió de gusto–. Por cierto, me encantan las chuletas a la parrilla.

Aterrizaron en la parte más alta del parque Güell, por encima de la gran explanada y de las galerías cubiertas, en un lugar arbolado. La lluvia cada vez caía con mayor intensidad. Cuando se vio en el suelo firme, Quim corrió a abrazar a Montse.

—Tenemos que marcharnos cuanto antes –le dijo ella al oído–. No me gusta nada Dragón de Hierro ni tampoco Tecla.

—Nos iremos enseguida.

—Debemos irnos ahora mismo. Podemos echar a correr y alejarnos de aquí.

—Pero... aún sigo siendo bueno –Quim continuaba obsesionado.

—Siempre será mejor ser un niño bueno que quedarnos con ellos. Tengo miedo, Quim, mucho miedo. Dragón de Hierro y Tecla me dan miedo. No puedo evitarlo.

—A mí tampoco me gustan, pero... ¡entiéndelo!

—¡Entiéndelo tú!

—Si no lo consigo ahora, podría quedarme toda la vida convertido en un niño bueno. ¡Qué horror! ¡No quiero ni pensarlo!

—Pero si nos quedamos puede ocurrirnos algo peor.

Su conversación fue interrumpida bruscamente por Tecla.

—No os quedéis ahí parados. Vamos, entrad en la cueva u os pondréis como una sopa.

Quim y Montse volvieron la cabeza y pudieron ver cómo Dragón de Hierro, con una facilidad pasmosa, hacía girar una roca de varios metros de diámetro, dejando a la vista la boca de una cueva. Luego se colocó junto a la entrada y les hizo un gesto con una de sus patas descomunales para que entraran.

—Esta es mi cueva-laboratorio –les dijo–. Sentíos en ella como en vuestra propia casa.

A pesar de la amabilidad que mostraba, Montse no podía quitarse de encima los recelos que le causaba. Intuía que si entraban en aquella cueva iba a ocurrirles algo malo. Pero ¿cómo convencer a su amigo? Él estaba tan obsesionado con volver a ser malo que no se daba cuenta de nada.

—¡Vámonos ahora, Quim! –le dijo en voz baja.

Pero Quim ya se dirigía hacia la boca de la cueva y ella –se lo había prometido a sí misma– no iba a dejarlo solo.

Nada más entrar los cuatro en la cueva, Dragón de Hierro pulsó un interruptor que había en la pared y el interior de aquel lugar se iluminó por completo.

—Hace unos años instalé electricidad –les explicó–. Me resulta necesaria para mis experimentos. Por debajo del parque pasan unos cables, solo he tenido que hacer algunos empalmes. De esta forma no tengo que pagar el recibo de la luz.

«¡Encima, caradura!», pensó Montse, que no podía evitar que aquel ser le resultase muy desagradable.

Descendieron por unas escaleras estrechas en forma de caracol y, cuando menos se lo esperaban, desembocaron en una gran sala más o menos circular, con un techo abovedado de roca viva.

Quim y Montse, a pesar de todas las sorpresas que llevaban acumuladas durante las últimas horas, sintieron una enorme impresión, pues no esperaban encontrar allí dentro, bajo tierra, algo semejante.

Prácticamente ninguna pared quedaba a la vista, pues todas ellas estaban recubiertas de extrañas y complicadísimas maquinarias: ruedas dentadas, ejes asimétricos, poleas, péndulos de todos los tamaños, resistencias eléctricas... Y junto a estos mecanismos había un complicado enjambre de ordenadores, conectados entre sí por una telaraña de cables, y todos ellos funcionando. Además, desparramados por todas partes, podían verse infinidad de relojes. Todo tipo de relojes: desde los más antiguos, con complicados artilugios de precisión, hasta los más modernos y precisos relojes digitales.

Desde distintos lugares de aquella sorprendente cueva partían unos cables mucho más gruesos que los demás y de un llamativo color rojo. Todos esos cables llegaban hasta un objeto muy extraño de forma cilíndrica y se introducían en él por la parte superior, que estaba abierta, y por la que salía una delgada columna de humo.

Ante la perplejidad de los niños, Dragón de Hierro quiso darles algunas explicaciones. Se situó en el centro de la cueva, al lado del cilindro humeante, y desplegó sus alas al máximo.

—Mi laboratorio –dijo con una pizca de orgullo.

Tecla cogió por el brazo a los muchachos, que seguían como petrificados en el último peldaño de la escalera, y los hizo pasar.

—Dragón de Hierro asombrará al mundo con sus investigaciones sobre el tiempo –les dijo–. Ahora los científicos no le hacen caso porque es un dragón, pero pronto tendrán que rendirse a la evidencia.

—Hace poco hubo un congreso en Nueva York –continuó Dragón de Hierro, ratificando las palabras de Tecla–. Quise presentar allí mis últimos descubrimientos, pero para darme una acreditación me pidieron una fotografía reciente y...

Dragón de Hierro no terminó la frase.

—¿Y qué pasó? –la curiosidad de Quim se había despertado.

—Tecla me hizo la fotografía. Yo posé con la más seductora de mis sonrisas. Les envié la foto, pero nunca me mandaron la acreditación.

—No me extraña –susurró Montse a Quim, tapándose la boca con las manos para disimular.

Quim miraba a su alrededor, como si no pudiera creerse lo que estaba viendo, y luego observaba a ese dragón con pretensiones científicas. Desde luego, lo que sí había conseguido era llenarlo de dudas y de preguntas. Se atrevió a hacerle una:

101

—¿Qué es lo que investigas?

—Los segundos –respondió Dragón de Hierro.

—¿Los segundos? –se sorprendió Quim–. ¿Y para qué quieres investigar los segundos?

—Quiero conseguir que un segundo dure dos segundos –dijo el dragón con satisfacción y orgullo.

—¿Para qué? –Quim repitió la pregunta extrañado.

—¿No lo entiendes? –Dragón de Hierro pareció indignarse por la ignorancia que mostraba el muchacho–. Si consigo que un segundo dure dos segundos, conseguiré también que un minuto dure dos minutos, que una hora dure dos horas, que un día dure dos días, que una semana dure dos semanas, que un mes dure dos meses, que un año dure dos años... ¿Lo entiendes ahora?

—No –reconoció Quim.

Dragón de Hierro negó repetidas veces con su enorme cabeza antes de pronunciar las palabras decisivas:

—Si lo consigo, una vida durará dos vidas.

Quim miró a Montse, que estaba tan desconcertada como él. Sin embargo, las últimas palabras de Dragón de Hierro parecían encerrar algo muy importante: que una vida durase dos vidas, es decir, el doble. ¿Y a quién no le gustaría vivir el doble?

—¿Y crees que lo lograrás? –Quim, de pronto, se sintió vivamente interesado.

—No estoy seguro –Dragón de hierro se rascó la coronilla de su cabezota–. Sé que algo he conseguido, pero aún no lo he experimentado lo suficiente.

Unas palmadas de Tecla, acompañadas de una risotada estridente, interrumpieron la conversación entre Quim y Dragón de Hierro.

—¡Basta de cháchara! ¿Ya os habéis olvidado del motivo que nos ha traído hasta aquí? ¡Vamos a jugar la partida de cinquillo de una vez!

Entonces Quim pensó que no podía esperar ni un momento más para aclarar las cosas de una manera definitiva. Tecla, le gustase o no, tendría que escucharlo.

—No hemos venido hasta aquí para jugar al cinquillo –le dijo con decisión.

—Dragón de Hierro y yo contra vosotros dos –Tecla fingió no haber oído las palabras de Quim.

—¡No hemos venido hasta aquí para jugar al cinquillo! –repitió Quim, alzando la voz.

—¿Ah, no? –se sorprendió Tecla, que al fin parecía escuchar lo que Quim le estaba diciendo.

—¡No!

—¿Puede saberse a qué habéis venido entonces?

—Te lo he dicho varias veces, pero no quieres escucharme. Ayer me convertiste en un niño bueno.

—Ya lo sé.

—Pues no quiero ser un niño bueno. Hemos venido para que me dejes como estaba.

—Todos los niños quieren ser buenos.

—¡Yo no! –Quim estaba harto de tener que repetir a todo el mundo lo mismo.

—¿Prefieres ser un niño malo?

—¡Mil veces! –exclamó Quim–. Las cosas me iban muy bien cuando era malo; sin embargo, desde que soy bueno... ¡es horrible!

—¿Estás seguro?

—¿Crees que habría hecho todo lo que hecho para encontrarte de no estar seguro?

Tecla se quedó pensativa durante unos instantes, como si estuviera buscando una solución. De pronto, esbozó una sonrisa llena de picardía.

—¡Ya lo tengo! –dijo.

—¿A qué te refieres? –le preguntó Quim.

—Nos lo jugaremos a las cartas.

—Jugarnos... ¿el qué? Montse y yo no traemos dinero.

—Ni las hadas ni los dragones de hierro necesitamos dinero.

—¿Entonces...?

—Echaremos una partida de cinquillo y, si ganáis vosotros, te convertiré en un niño malo; pero si ganamos nosotros...

—De acuerdo –aceptó Quim.

Tecla comenzó a revolotear de alegría por la cueva y Dragón de Hierro se apresuró a preparar cuatro sillas alrededor de una mesa, de la que tuvo que desalojar unos cuantos relojes muy extraños.

Montse aprovechó la circunstancia para manifestar otra vez sus temores a Quim:

—No me gusta este sitio.

—A mí tampoco, pero... aguanta un poco más.

—Debemos marcharnos.

—Es mi última oportunidad.

—Si nos quedamos, no tendremos ninguna oportunidad.

—Creo que estás exagerando las cosas. En cuanto les ganemos la partida nos iremos de aquí.

—Pero hacen trampas.

—Eso es verdad. Tendremos que estar muy atentos para impedírselo. No debemos perder de vista los movimientos de sus manos.

—Además, ese dragón me mira de un forma horrible. Me clava sus ojos y parece que se relame de gusto.

—Yo no creo que sea un mal tipo.

—Te equivocas. Creo que está planeando algo.

La conversación fue interrumpida por unas nuevas palmadas de Tecla. La mesa y las sillas ya estaban dispuestas. La partida debía comenzar.

Al tomar asiento, Quim se dio cuenta de que Dragón de Hierro miraba de una manera especial a Montse. Le sonreía y, al sonreír, unas babas asquerosas le resbalaban desde su bocaza.

7

VOLVIERON a jugar por parejas, por eso Quim
se sentó enfrente de Montse y Tecla enfrente de
Dragón de Hierro. El hada sacó la baraja y, con
resolución, se dispuso a mezclar los naipes como
es habitual antes de cualquier partida. Pero
como Quim y Montse ya habían tenido ocasión
de comprobar que sus rivales hacían trampas,
desde el principio pusieron sus cinco sentidos en
el juego.

—Antes has repartido tú, ahora me toca a mí.

Tecla no pudo disimular su disgusto e inter-
cambió una mirada de desconcierto con Dragón
de Hierro. Por el contrario, Quim guiñó un ojo
a Montse.

Volvió a barajar y a Tecla solo le permitió que
cortase el mazo. Luego, muy despacio, repartió
las cartas.

Cada jugador recogió de la mesa las que le
correspondían y fue ordenándolas en su mano
en forma de abanico. Quim observó sus cartas y
pensó que no eran malas y que, a no ser que a
Montse le hubieran tocado unas cartas horribles,

podrían ganar la partida. Por consiguiente, lo más importante era no perder de vista las *maniobras* de los contrarios.

Nada más comenzar, y como si el juego le importase un bledo, Dragón de Hierro alzó su cabezota, miró de reojo las piernas de Montse y comentó:

—Así que Tecla y vosotros os conocisteis en las torres de la iglesia de la Sagrada Familia...

—En realidad, allí nos conocimos Tecla y yo, aunque en ese momento ya le hablé de mi amiga –respondió Quim, tratando de no perder la concentración en el juego.

—¿Os habéis dado cuenta de que esa iglesia está sin terminar? –insistió Dragón de Hierro.

—Todo el mundo se da cuenta de eso –terció Montse–. Solo hay que echar un vistazo para comprobarlo.

—Ahora decidme una cosa –Dragón de Hierro parecía querer desviar a toda costa la atención de la partida–: si en casi cien años se ha construido lo que se ha construido, ¿cuántos años tendrán que transcurrir para que las obras se terminen?

Quim se fijó en que Dragón de Hierro había separado dos cartas del resto y que lo mismo había hecho Tecla. Pronto comprendió la jugada que querían hacerles: si no estaban bien espabilados, ellos se cambiarían las cartas. Por eso, clavó su mirada en las manos de sus rivales para no perderse ningún movimiento extraño.

—Otros cien años –respondió Montse a la pregunta de Dragón de Hierro. A ella no le apetecía cruzar ni una sola palabra con el dragón, pero comprendió que era la forma de que Quim no perdiera la concentración y vigilara en todo momento.

—Puede ser –dijo el dragón–, aunque ahora se trabaja con mejores medios que antes.

—Entonces... diez años.

—Tal vez se podría terminar en diez años, pero para eso habría que invertir muchísimo dinero, y no creo que se esté invirtiendo tanto.

—Pues... –Montse estaba hecha un verdadero lío–. No tengo ni idea: veinte años, o cuarenta, o cincuenta...

—Tal vez tengas razón –Dragón de Hierro rió forzadamente. Había conseguido despistar a Montse, pero Quim permanecía muy atento a sus movimientos, impidiéndole hacer trampas–. Sí, tal vez veinte, o treinta, o cuarenta, o cincuenta años.

Quim era un niño bueno desde el día anterior. La bondad y la concentración no tienen por qué estar reñidas. En Quim parecían darse por igual: era bueno y, además, su capacidad de concentración resultaba admirable. A él mismo le sorprendió. «¿Podré concentrarme tanto si vuelvo a ser malo?», se preguntó.

—Si consigues que tu invento funcione, las obras se acabarán en la mitad de tiempo –Montse quiso atacar con sus mismas armas, por eso continuó la conversación, con el único propósito de despistar más a sus rivales.

—Eh... ¿qué quieres decir? –a Dragón de Hierro, que intercambiaba en esos momentos una mirada llena de mensajes ocultos con Tecla, el razonamiento de Montse lo pilló por sorpresa, por eso se sintió algo desconcertado.

—Que si consigues que un segundo dure dos segundos, la Sagrada Familia se terminará en la mitad de tiempo.

—Sí, claro... Me alegro de que te hayas dado cuenta –al oír la alusión a sus investigaciones sobre el tiempo, Dragón de Hierro se sintió tan halagado que sonrió de oreja a oreja–. Por supuesto, con mi descubrimiento las obras durarían la mitad.

—Espero que lo consigas.

—Aún me queda mucho trabajo por delante. Manipular el tiempo es una cosa endiabladamente complicada. Nunca estás seguro de si vas a conseguir lo que pretendes o el asunto se te escapará de entre las manos y causarás un estropicio de los que hacen época. El tiempo es algo muy delicado, incluso para un dragón como yo.

—¡Basta! –Tecla cortó de raíz aquella conversación. Después de que su plan para hacer trampas fracasara, se había puesto de mal humor y deseaba continuar el juego cuanto antes.

Los cuatro volvieron a concentrarse y reanudaron la partida. Como Quim sospechaba, él y Montse comenzaron a cobrar ventaja. Su alegría aumentaba de la misma manera que el enfado de Tecla, que no paraba quieta ni un instante, como si el asiento de su silla estuviera lleno de chinchetas. Estaba claro que tenía mal perder, pero Quim esperaba que, aunque enfadada, no olvidase su promesa de convertirlo en un niño malo. Eso sí, si al principio había estado atento a las posibles trampas, ahora tendría que concentrar sus cinco sentidos para evitarlas.

Al cabo de unos momentos, Dragón de Hierro volvió a hablar. Aquella era su táctica: hablar y hablar para distraerlos de la partida y entonces, con disimulo, cambiarse las cartas con Tecla. Esa era su única posibilidad de ganar.

—¿Sabéis cuánto tiempo llevo viviendo en la verja de hierro de una puerta?

—No –respondió Montse.

—Más de cien años. Sí, soy tan viejo como la primera piedra de la Sagrada Familia. Esa iglesia y yo tenemos algo en común.

—¿El qué? –preguntó Montse, que no podía creer que Dragón de Hierro tuviera algo que ver con la iglesia.

110

—Fuimos creados por la misma persona.

—¿Gaudí?

—Así se llamaba ese barbudo soñador.

—¡Es increíble!

—Sí, increíble –Dragón de Hierro volvió a mirar de una forma especial las piernas de Montse, que se sintió muy incómoda por aquella insistencia–. Pero el famoso arquitecto se olvidó de una cosa.

—¿De qué? –Montse hizo esta pregunta sin mirar a Dragón de Hierro.

—De que los dragones de hierro también comemos.

Pronunció estas palabras con tanta pena, con tanta lástima, que los tres volvieron la cabeza hacia él y se le quedaron mirando. ¿A qué se estaba refiriendo? ¿Y por qué lo decía con tanta pena?

Pero al instante, Quim comprendió que podría tratarse de una nueva treta para conseguir hacerles trampas, por eso volvió a concentrar su mirada en las manos de sus adversarios.

—Sigamos jugando –dijo, pero sus palabras no encontraron eco en los demás.

—Me condenó a pasarme toda la vida en una puerta –continuó Dragón de Hierro–. Soy un dragón bastante presumido y me gusta que la gente vaya a verme y se haga fotografías a mi lado. Eso me halaga, como es natural, y sé que si no estuviera en esa puerta pasaría desapercibido. Pero en una puerta de hierro apenas puedes probar bocado. Y los dragones de hierro también comemos. Me he pasado años alimentándome de algunos pájaros despistados que se posaban en mis mandíbulas. ¡Pero odio los pájaros! ¡No me gustan y me dejan la boca llena de plumas!

Quim seguía pensando en lo que decía el dragón. ¿Sería verdad o se trataría de una nueva estratagema? Desde luego, causaba cierta congoja oírlo hablar de aquella manera. Y algo de razón debía de tener, porque estaba en los mismísimos huesos. Pero también era cierto que no se encontraba tan encadenado a la puerta como decía. La prueba era que en esos momentos no estaba en ella y que, además, disponía de una cueva-laboratorio para investigar sobre el tiempo.

—¡Sigamos jugando! –decidió no dejarse ablandar por las palabras de Dragón de Hierro.

Reanudaron la partida y Quim enseguida esbozó un gesto de enorme satisfacción. Ya nada ni nadie iba a hacerles perder. Tenían las cartas claves para ganar, y Tecla y Dragón de Hierro lo sabían.

Colocó una carta con decisión y todos los demás se vieron obligados a pasar. ¡Tenía en sus manos la llave maestra! ¡Todas sus cartas estaban colocadas y los demás jugadores tendrían que limitarse a observar!

Cuando depositó la última carta sobre el tablero, alzó sus brazos, con las palmas de las manos bien abiertas para que todos pudieran ver que ya no le quedaba ninguna y que, por consiguiente, era el vencedor.

Tecla, con rabia, arrojó las cartas que le quedaban sobre la mesa, mientras no dejaba de pronunciar maldiciones.

—No sabía que las hadas tuvierais tan mal perder –le dijo Quim.

—Las hadas no tienen mal perder, incluso la mayoría ni siquiera juegan a las cartas –reconoció ella.

—Lo siento –Quim no podía ocultar su satisfacción.

—¡Encima no te rías de mí! –bramó Tecla.

—No me río de ti –aclaró Quim–. Me río porque estoy contento.

—¿Tan feliz te hace ganar una simple partida al cinquillo?

—Lo que me hace feliz es saber que tú vas a convertirme ahora en un niño malo.

—¡Bah! –Tecla le dedicó un gesto altivo.

—¿No te habrás olvidado de lo que nos jugábamos? –Quim sintió miedo de que Tecla se echara para atrás.

—¡No me he olvidado! –Tecla, más que hablar, parecía escupir sus palabras–. ¡Las apuestas del juego son sagradas!

—Pues entonces... saca tu varita mágica y conviérteme en malo.

De mala gana, Tecla se acercó a Quim, se detuvo a un metro escaso de él y juntó sus manos durante unos segundos muy cerca de su rostro. Luego, las fue separando poco a poco y, entre ellas, apareció aquella estrella luminosa que deslumbraba si la mirabas con fijeza.

El hada cogió la estrella con una mano y con mucha delicadeza la acercó hasta la frente de Quim. Él pudo sentir un hormigueo que, desde la cabeza, le recorrió el cuerpo entero.

Después, el hada retiró la estrella, que volvió a ocultar entre sus manos. Al cabo de un instante la estrellita había desaparecido misteriosamente.

—Ya está –le dijo a Quim.

—¿Soy otra vez un niño malo?

—Sí.

—¿Seguro?

—¿Acaso dudas de mí? –la pregunta de Tecla sonaba como una amenaza terrible.

—No, no –se disculpó Quim un poco azorado.

Fue tanta la alegría que Quim experimentó en aquel momento, que comenzó a dar saltos. Y le habría gustado poder volar, como las hadas, para hacer todo tipo de cabriolas en el aire. Tecla a su lado hubiera parecido una principiante. Al fin volvía a ser malo, y eso le llenaba de júbilo. Finalmente, se abrazó a Montse.

—Ha merecido la pena –le dijo.

Pero ella, aprovechando la cercanía del amigo, le habló muy bajo al oído:

—Vámonos de aquí.

—Sí, claro.

—Vámonos ahora mismo.

—Nos despedimos de estos dos y volvemos a casa.

—Cada vez me dan más miedo.

—Son un poco raros, pero no creo que sean unos desalmados.

—Yo no estoy tan segura.

—No tienes por qué preocuparte. Ella ha cumplido su palabra. No tengas miedo.

—No puedo evitarlo.

Quim volvía a ser malo, y la felicidad que sentía le hacía olvidarse de todo lo demás, incluso de cosas tan importantes como que era tardísimo y sus padres debían estar más que preocupados por su retraso.

Pero Tecla se les adelantó. El hada había revoloteado hasta la entrada de la cueva y volvía con ánimo de marcharse.

—Ya ha pasado la tormenta –dijo–. No llueve, así que me voy ahora mismo. Adiós, Dragón de Hierro.

—Adiós –el dragón hizo una reverencia un poco ridícula a modo de despedida.

—Adiós, Montse, y sigue paseando para prevenir esa enfermedad llamada... ¿cómo se llamaba?

—Hemorroides –fue Quim el que respondió a su pregunta.

—¡Ah, sí! ¡Hemorroides!

—Nosotros también nos vamos –Montse estaba deseando salir de allí, sobre todo desde que se había dado cuenta de que Dragón de Hierro no le quitaba los ojos de encima.

—Adiós, Quim –continuó Tecla con las despedidas.

—¿Volveremos a vernos?

—No creo.

—A mí me gustaría...

—¿Y para qué quieres que volvamos a vernos?

—Podríamos jugar otra partida de cinquillo.

A Tecla se le iluminaron los ojos.

—¿Estarías dispuesto a darme la revancha?

—Con una condición.

—¿Qué condición?

—Que no vuelvas a convertirme en un niño bueno si pierdo.

Tecla arrugó el entrecejo de forma extraña y exagerada y luego comenzó a revolotear por la cueva. Enfiló las escaleras, pero se detuvo un instante y volvió la cabeza.

—Lo pensaré –dijo–. Pero tal vez acepte.

A continuación, como una exhalación, desapareció escaleras arriba, dejando tras de sí una estela luminosa que flotaba en el aire y que poco a poco se iba apagando.

Quim y Montse se miraron y con la mirada se dijeron que ellos también debían marcharse cuanto antes. Pero Dragón de Hierro, haciendo un movimiento rápido y lleno de agilidad, se colocó frente al arranque de las escaleras, cerrándoles el paso. Los miró de una forma extraña e inquietante y les dijo:

—Os enseñaré mi laboratorio y os explicaré mis investigaciones sobre el tiempo.

—Otro día, Dragón de Hierro –se excusó Quim.

—¿Para qué esperar a otro día?

—Se nos ha hecho muy tarde. Nuestros padres estarán muy preocupados buscándonos por todas partes.

Ajeno a las palabras de Quim, Dragón de Hierro comenzó a hacer una serie de cavilaciones:

—Sí tuviera leche, os podría calentar un par de tazones para que no os fuerais con el estómago vacío; pero no tengo leche.

—Gracias, pero no tenemos hambre –le dijo Quim.

—Si tuviera alguna de esas postales en las que se me ve en la puerta de hierro, con mucho gusto os la daría como recuerdo; pero no tengo postales.

—No importa, gracias de todos modos.

—Si tuviera dinero, os lo daría para que pudierais tomar un taxi y llegar antes a vuestra casa; pero no tengo dinero.

—Iremos andando. O mejor, corriendo. Como todo el camino es cuesta abajo, no tardaremos mucho.

Quim y Montse habían intentado avanzar hacia la escalera, confiando en que Dragón de Hierro se apartaría al ver sus intenciones. Sin embargo, no se movía del sitio.

—Si tuviera unas botas de agua, os las dejaría, porque los caminos del parque deben de estar hechos un barrizal, llenos de charcos; pero no tengo botas de agua.

—No importa. Cuando lleguemos a nuestras casas nos quitaremos los zapatos y los calcetines y nos secaremos los pies, así evitaremos pillar un resfriado.

Dragón de Hierro seguía taponando con su enorme cuerpo todo el hueco de la escalera.

—No sé qué más podría ofreceros –dijo.

—No necesitamos nada, pero gracias de todos modos por tu interés –le contestó Quim–. Ahora, por favor, apártate un poco para que podamos marcharnos.

Entonces, y de forma inesperada, Dragón de Hierro abrió al máximo su boca y lanzó un tremendo gruñido, que resonó en el interior de aquella cueva de manera espeluznante. Quim y

Montse sintieron cómo sus pelos se erizaban y retrocedieron unos pasos.

—¿Qué pretendes? –le preguntó Quim, bastante molesto por la situación que les estaba obligando a vivir.

—¿Aún no os habéis dado cuenta? –Dragón de Hierro comenzó a sonreír y a babear al mismo tiempo–. ¡Voy a comeros!

—Montse y Quim, aterrorizados, se fundieron en un abrazo.

La maldad y la cobardía no siempre tienen por qué ir unidas. Hay personas malas que pueden ser valientes o cobardes. También hay personas buenas que pueden ser valientes o cobardes.

Quim era malo otra vez, pero... ¿era valiente o cobarde?

Lo que ocurre siempre con el valor es que tiene sus límites, y cuando se superan esos límites, hasta el ser más valiente del mundo se caga de miedo. Y Quim y Montse acababan de traspasar esos límites.

8

La risa de Dragón de Hierro, cada vez más horripilante, retumbaba como un trueno en el amplio espacio de la cueva. Y más que una carcajada violenta parecía un grito de alegría, un alarido de felicidad, un berrido de placer... Y cuanto más feliz parecía encontrarse aquel ser espantoso, más y más preocupados se sentían Quim y Montse.

Perseguidos por el dragón, que había desplegado al máximo sus alas para envolverlos en un abrazo, iban de un sitio para otro. Aquel espacio circular, recubierto de extrañas máquinas, de ordenadores y de relojes de todo tipo, no les ofrecía ningún indicio de salvación. El único acceso a la cueva y, por consiguiente, la única salida eran las escaleras, pero Dragón de Hierro se cuidaba de tenerlas siempre bien cubiertas con su enorme y desgarbado cuerpo.

De pronto, Dragón de Hierro hizo un movimiento muy rápido, inesperado, y con sus patas rematadas por afiladas garras cogió a Montse. La muchacha se sintió inmovilizada por la fuerza demoledora de aquellas garras que rodeaban prácticamente todo su cuerpo y, aunque pataleaba de lo lindo, no conseguía desprenderse de ellas.

Al producirse el ataque, Dragón de Hierro dejó por un momento desprotegidas las escaleras. Quim las miró y pensó que era la ocasión de escapar; pero enseguida un pensamiento muy firme le hizo recapacitar: no abandonaría a su amiga.

Ser malo no significa carecer de escrúpulos y del sentido de la amistad. Y Quim había vuelto a ser malo, sí; pero no por eso había dejado de ser amigo de sus amigos. Y Montse era con mucho su mejor amiga.

Mientras Dragón de Hierro, con una de las patas que le quedaba libre, sacaba de un cajón una larga cuerda y se disponía a atar a Montse a unas tuberías de acero, Quim pensaba qué debería hacer para salvarla. Y cuanto más pensaba, más difícil le resultaba hallar una solución.

¿Qué podía hacer un niño como él, que ni siquiera era especialmente fuerte ni especialmente ágil, contra un enorme dragón como el que tenía delante?

Llevado por un impulso irrefrenable, corrió decidido hacia Dragón de Hierro y, aprovechando que este se encontraba inclinado para poder atar mejor a Montse, le propinó con todas sus fuerzas un puñetazo en su enorme mandíbula.

Por supuesto, Dragón de Hierro ni se inmutó por el impacto del puño de Quim. Sin embargo, el muchacho pensó que todos los huesos de su mano se habían hecho añicos.

—¡Ahhh! –no pudo evitar un grito de dolor, al tiempo que se metía la mano dolorida entre las piernas en busca de algún alivio.

Dragón de Hierro lo miró de reojo y amplió su ya de por sí amplia sonrisa. Era un gesto que parecía invitarlo a volver a hacerlo, y cuanta más fuerza pusiera en el golpe, mucho mejor.

Pero Quim no cayó en la trampa. Era un niño malo, pero no torpe. Por eso comprendió que no se podía luchar a puñetazo limpio contra un dragón tan duro como el hierro, o mejor dicho, contra un dragón de auténtico hierro.

Se fijó entonces en la mesa y las sillas que les habían servido para jugar la partida de cartas. Con decisión se acercó a ellas y cogió una silla, la levantó y corrió con ella en alto hacia Dragón de Hierro. Con todas sus fuerzas estrelló aquella silla contra el espinazo de su espalda. El dragón tampoco se inmutó y, por el contrario, la silla, que era de madera, quedó convertida en astillas.

Quim repitió la operación con el resto de las sillas e, incluso, con la mesa; pero siempre corrió la misma suerte. Además, cada vez que rompía una silla sobre Dragón de Hierro, a este parecía

hacerle gracia, y se reía con más violencia, entre sacudidas que convulsionaban todo su cuerpo.

Dragón de Hierro terminó de atar a Montse a las tuberías de acero y, satisfecho de su acción, se volvió hacia Quim, como diciéndole: «Prepárate, que ahora voy por ti».

Quim miró a la amiga, que trataba infructuosamente de desatarse. La cuerda era muy fuerte y los nudos muy seguros. No lo conseguiría ni aunque dispusiera de varios días para intentarlo. Por consiguiente, la única esperanza que le quedaba a Montse era él mismo. O él conseguía librarla de aquellas cuerdas o estaba perdida.

Pero de pronto Quim se dio cuenta de que había algo más urgente, mucho más urgente que liberar a Montse, y era no dejarse atrapar por Dragón de Hierro. Si él también caía en su garras, estarían perdidos y no tardarían en convertirse en croquetas o algo por el estilo en las mandíbulas impresionantes de aquel ser.

Y en ese preciso momento, la mente de Quim funcionó con mucha rapidez. En una fracción de segundo fue capaz de analizar la situación y, lo que era mucho más importante, de tomar una decisión.

La situación era angustiosa. Montse prisionera e inmovilizada y él acosado por aquella bestia. Pero justo a su espalda se abría el hueco de las escaleras. Si se quedaba en la cueva, no solo no podría ayudar a Montse, sino que él mismo se convertiría en víctima de Dragón de Hierro; sin embargo, si conseguía salir al exterior y escapar, tal vez encontrase ayuda. Podría avisar a sus padres, a los Mossos d'Esquadra, a la Guardia Civil, al Ejército... Entre todos acabarían con Dragón de Hierro y liberarían a Montse.

—¡Volveré, Montse! –le gritó a la amiga–. ¡No tengas miedo! ¡Volveré para salvarte!

Y echó a correr escaleras arriba. Dragón de Hierro se lanzó como una centella tras él, pero una circunstancia favoreció al muchacho lo suficiente para que el dragón no lo alcanzase, y es que este no podía subir las escaleras con las alas desplegadas, por la sencilla razón de que no cabía, y en la operación de plegado utilizaba tres o cuatro segundos, tiempo suficiente para que Quim consiguiera ventaja.

Llegó a la salida con Dragón de Hierro pisándole los talones, pero consiguió alcanzar la tierra encharcada del parque y emprender una veloz carrera entre los árboles. Y esta nueva circunstancia también le favoreció, ya que Dragón de Hierro era muy torpe cuando tenía que correr entre árboles, pues se enganchaba con todos ellos.

Por eso, Quim consiguió escapar. Cuando ya, a cierta distancia, se sintió a salvo, volvió la cabeza y pudo ver cómo Dragón de Hierro regresaba a su cueva y al entrar en ella colocaba la enorme roca sobre la embocadura. En ese instante no pudo evitar un negro presagio, que cruzó por su mente como una estrella fugaz.

Aunque había cesado de llover, el cielo estaba muy cubierto sobre Barcelona, y la noche, lúgubre e inquietante, parecía querer sumarse al terror que embargaba a Quim. El muchacho atravesó el parque Güell sin dejar de correr y en más de una ocasión se sintió como observado por extraños seres que poblaban aquel lugar. Y aunque trataba de convencerse de que todo era fruto de su imaginación, la experiencia vivida le hacía dudar. Eso le ocurrió al atravesar la gran explanada, rodeada por ese serpenteante, multicolor e interminable banco; de pronto, pensó que el banco cobraba vida y que mil ojos escrutaban atentamente todos sus movimientos. También le desasosegó el encuentro con ese dragón de cerámica situado frente a la puerta principal, en medio de la escalinata, y aunque su aspecto nada tenía que ver con Dragón de Hierro, temió que estuviera conchabado con él y que, de repente, cobrase vida y lo persiguiese.

Como la puerta estaba cerrada, tuvo que saltar la verja, cosa que hizo sin dificultad, pues ya se había convertido en un consumado saltador de verjas. Luego, puso rumbo hacia su casa.

La ciudad estaba desierta y solo algunos co-

ches circulaban por las calzadas; sus luces reflejadas en el asfalto mojado producían brillos fugaces y fantasmagóricos.

Entonces Quim descubrió uno de esos relojes que abundan por cualquier ciudad, rematando un poste de metal, incrustados en una pantalla más bien pequeña, al lado del anuncio de una marca de tabaco. Alternativamente, iban apareciendo en la pantalla la hora y la temperatura. La temperatura le traía sin cuidado, pues él notaba todo su cuerpo al rojo vivo; sin embargo, la hora le preocupó mucho. Eran las dos de la madrugada.

—¡Las dos de la madrugada! –exclamó.

Solo en Nochebuena y Nochevieja se acostaba a esas horas, pero en esas ocasiones nunca estaba solo. Por consiguiente, era la primera vez en su vida que se encontraba despierto a semejante hora, solo y corriendo por las calles desiertas.

Un relámpago iluminó el cielo y llenó la calle de luces y sombras. Quim se detuvo en seco y levantó la cabeza. La dichosa tormenta no quería marcharse y seguía sobre la ciudad, como si le hubiera gustado la vista de Barcelona desde las alturas.

—¡Lo que faltaba! –volvió a exclamar, y reanudó la carrera, al tiempo que un trueno parecía estar rodando desde las montañas hasta el mar.

Y mientras corría, con el sudor empapándole el rostro, Quim recordó a Montse, que había quedado atada en la cueva, a merced de Dragón de Hierro. Entonces comprendió que debía hacer algo que pudiera salvarla, y que eso era lo primero.

Pensó que si iba a su casa y se lo decía a sus padres y a los de ella, todos juntos irían a buscarla; pero... ¿qué podrían hacer contra Dragón de Hierro? Ni siquiera podrían mover la roca que taponaba la entrada de la cueva, y aunque la movieran, el dragón era tan fuerte que acabaría con ellos de uno en uno, o a la vez.

Entonces pensó que lo mejor sería dirigirse directamente a buscar a la policía, a los Mossos d'Esquadra o a la Guardia Civil. Ellos tienen armas y, por eso, podrían enfrentarse con más garantías contra Dragón de Hierro. Pero enseguida le surgió un grave inconveniente: si le contaba a la policía lo que les había sucedido, ¿lo creerían? La historia era tan fantástica y descabellada que lo más seguro es que la policía lo tomase por un niño trastornado; no le harían ni caso y solo se preocuparían de localizar a sus padres, lo que provocaría una pérdida de tiempo que podía ser terrible para Montse.

Decidió que no iría en busca de sus padres, ni tampoco solicitaría la ayuda de la policía. Entonces... ¿qué le quedaba?

Se detuvo y se quedó en medio de la calle,

inmóvil, completamente desconcertado. Sintió una angustia enorme que se había apoderado de todo su cuerpo, pero que parecía haberse fijado en su estómago. Y desde el estómago le subía al pecho, y luego ascendía por su cuello hasta inundarle la cabeza. Por último, aquella angustia se desbordaba por sus ojos en un torrente de lágrimas que se mezclaba con el mar de sudor que bañaba su rostro.

—¿Qué puedo hacer? –se repetía Quim una y otra vez entre sollozos.

El llanto y la maldad no son cosas opuestas. Uno puede ser malo, como lo era Quim, y llorar por algo que le angustia. Y al contrario, uno puede ser bueno y no derramar ni una sola lágrima.

Y de pronto, Quim tuvo una idea.

Reanudó la carrera. Había cruzado ya la Travessera de Dalt y por la calle Escorial descendió hasta la plaza de Joanic y el paseo de Sant Joan. En ese punto, y solo durante un instante, como el fogonazo del flash de una cámara fotográfica, pensó que si giraba a la izquierda pronto llegaría a su casa. Pero se pasó la mano por la frente y, al tiempo que se enjugaba el sudor, borró aquel pensamiento. Ya había tomado una decisión y tenía muy claro cuál iba a ser su destino. Por eso giró a la derecha, sabiendo que ese giro le alejaba de su casa y de su familia, y también de la casa y de la familia de Montse. En ese instante pensaba que lo que iba a hacer era la única posibilidad de ayudar a su amiga.

Se sentía muy fatigado. No había corrido durante tanto tiempo sin detenerse en toda su vida, y notaba los latidos de su corazón sin necesidad de tomarse el pulso. Tenía la sensación de que una traca de feria le estaba estallando dentro del pecho. Pero no por eso se detuvo. Había oído decir que los corredores de maratón aguantaban cuarenta y dos kilómetros y pico sin parar. Y si ellos lo aguantaban, él también estaba dispuesto a aguantar. Nada ni nadie lo detendría hasta que llegase a su destino, y su destino no estaba ni mucho menos a cuarenta y dos kilómetros y pico.

Aprovechando un semáforo en verde, cruzó la Diagonal sin dejar de correr. Sentía que ya estaba cerca, muy cerca.

Al llegar a la esquina de la calle Provença con el paseo de Gracia se detuvo de nuevo y, al instante, algo lo desconcertó: la fachada de La Pedrera ya no estaba iluminada.

Lo que perdía en fastuosidad el edificio lo ganaba ampliamente en misterio. Se sintió sobrecogido por el murallón de piedra que se erguía ante él como una inmensa bandera al viento, y es que aquel edificio parecía moverse continuamente, estar vivo, agitado por un secreto corazón que bombeaba sangre por sus arterias.

Solo allí podría encontrar la salvación de Montse. Estaba seguro.

9

QUIM descansó unos segundos en el portal de la casa que, por la calle Provença, colindaba con La Pedrera, sobre todo para recuperar un ritmo más pausado de su respiración y así poder hablar con más facilidad. Cuando creyó haberlo logrado, buscó el panel de pulsadores del portero automático y apretó el timbre de la portería.

Pasaron unos segundos y nadie respondía a la llamada, por eso volvió a insistir otra vez, y una tercera.

—¿Quién es? –se oyó al fin la voz de Andreu, un tanto desfigurada.

—Cinquillo, cinquillo, cinquillo –dijo entonces Quim con decisión.

—Pero... ¿quién llama a estas horas?

—Cinquillo, cinquillo, cinquillo –repitió Quim, sin querer dar ninguna explicación.

—¿No vas a decirme quién eres? –insistió Andreu.

—Cinquillo, cinquillo, cinquillo.

Quim notó cómo Andreu colgaba el telefonillo. Satisfecho y seguro de que en un instante saldría a abrirle, aguardó con impaciencia.

Al cabo de unos dos minutos aproximadamente, notó que desde el interior introducían una llave en la cerradura y que la hacían girar. Al instante, la puerta crujió y comenzó a abrirse. Por la rendija asomó el rostro sorprendido de Andreu y parte de su cuerpo: iba en pijama y los pocos pelos de su cabeza estaban tan tiesos que parecían de acero. Sin duda, acababa de levantarse de la cama.

—¿Tú?

—Tengo que subir al tejado de La Pedrera –le dijo Quim sin dejarle reaccionar.

—A estas horas ya nadie juega a las cartas.

—No quiero jugar a las cartas, pero necesito subir al tejado cuanto antes. Es urgente.

—¿Urgente? –pareció extrañarse Andreu.

—Muy urgente.

—Es la primera vez que alguien viene con urgencia.

—Es cuestión de vida o muerte –Quim empujaba la puerta, pero Andreu la sujetaba por el interior.

—¿De vida o muerte?

—¡Eso he dicho!

—¿Estás seguro?

—Completamente seguro. Y si seguimos perdiendo el tiempo aquí con esta conversación posiblemente llegaremos tarde.

Las últimas palabras de Quim debieron impresionar a Andreu, que se apartó ligeramente, permitiendo que la puerta se abriera más y que el muchacho entrase en el portal.

—¿Me has traído un bolígrafo que escriba? –le preguntó entonces.

—¡Cómo voy a traerte un bolígrafo! Aún no he pasado por mi casa y las tiendas están cerradas.

Quim iba a enfilar las escaleras, pero en ese momento vio el ascensor, parado en la planta baja.

—A estas horas todos los vecinos estarán durmiendo –le dijo a Andreu–, no creo que se enteren si cogemos el ascensor. Estoy muy cansado para subir andando.

Y sin más, abrió la puerta y se introdujo en la cabina. Luego hizo un gesto al portero para que lo siguiera.

—¡Vamos, vamos!

Andreu miró a un lado y a otro, como si temiera que alguien pudiera descubrirlos y, a continuación, se metió también en la cabina. De inmediato, Quim pulsó el botón del último piso.

—¿Me has traído palillos? –volvió a preguntarle.

—No he podido, de verdad. Pero te los traeré.

—¿Me has traído mosquitos?

—Si no he podido traerte una cosa, tampoco he podido traerte las otras. Pero confía en mí. Te traeré bolígrafos, palillos, mosquitos y hasta boñigas de vaca.

Quim se dio cuenta de que Andreu había comenzado a sudar copiosamente por la calva. En hilillos, el sudor le caía por la frente y le resbalaba por las aristas de su rostro.

—¿Por qué piso vamos? –le preguntó a Quim con la voz entrecortada.

—Estamos llegando. Pero... ¿te ocurre algo?

—Tengo pánico a los ascensores –reconoció–. Siempre subo las escaleras andando.

El ascensor se detuvo en su destino y Quim se apresuró a abrir las puertas para que Andreu saliera cuanto antes. El portero estaba tan pálido que parecía que iba a darle un patatús. Ya en el exterior, respiró con ansiedad, como si quisiera apoderarse de todo el aire.

Andreu abrió la puerta de acceso a la terraza del edificio y Quim entró en ella como un cohete. Se dirigió al lugar donde habían colocado la escalera para saltar a La Pedrera, pero la escalera no estaba.

—¡No está la escalera! –se alarmó.

—Yo mismo la he quitado –reconoció Andreu–. Todos los días, antes de irme a la cama, subo hasta aquí y, si las partidas han terminado, guardo la escalera.

—¿Y dónde está?

Andreu buscó la escalera y volvió a colocarla en el mismo sitio. Nada más apoyarla en la pared medianera, Quim subió por ella a toda prisa. Solo al llegar arriba se volvió un instante.

—Gracias, Andreu.

—De nada.

—Sin tu ayuda no sé qué habría hecho.

—Dejaré la escalera aquí, para que puedas bajar. ¡Ah!, y no echaré la llave de la puerta de la calle. Para salir solo tienes que girar a la izquierda el pomo de metal.

—Gracias otra vez.

Con paso cansino y arrastrando los bajos de los pantalones del pijama, que le estaba muy grande, Andreu se dio media vuelta y se marchó. Quim dio el salto definitivo y se situó otra vez en la terraza de La Pedrera.

Todo parecía distinto en aquel lugar. La única luz era la que llegaba muy tamizada desde la calle y la que producían los relámpagos de la tormenta, que tan pronto parecía alejarse como aproximarse.

Y si la luz de la calle era suave y constante, los relámpagos siempre producían un sobresalto, pues parecía que el tejado entero recibiese una descarga eléctrica y durante un breve lapso de tiempo cobrara vida, como el monstruo del doctor Frankenstein.

Entonces Quim cayó en la cuenta de que iba a tener más dificultades de las previstas. Una de aquellas chimeneas imponentes, que parecían guerreros medievales, coronadas incluso con yelmos, debía de ser la que él, en compañía de Montse, había conocido unas horas antes junto a las torres de la fachada del Nacimiento de la Sagrada Familia; pero... ¿cuál de ellas? Ahora todas le parecían iguales. ¿Cómo reconocerla?

Se acercó a una y, después de mirarla un rato, le dijo:

—Chimenea...

La chimenea giró su pesado cuerpo hacia Quim y le preguntó:

—¿Me llamabas?

—¡Oh, eres tú! –Quim sentía una alegría inmensa–. Creí que no iba a poder dar contigo.

—No vayas tan deprisa, muchacho –le cortó la chimenea–. Dime quién eres y qué quieres.

—¿No te acuerdas de mí?

—No te conozco de nada.

—Soy Quim.

—No conozco a nadie que se llame así.

—Entonces... ¿tú no eres la chimenea que va a jugar al mus con los trompetistas de la Sagrada Familia?

—¡Qué disparate! Ni siquiera sé jugar al mus.

Quim comprendió que se había equivocado de chimenea, pero pensó que aquella tal vez pudiera servirle de ayuda.

—¿Sabes cuál de todas las chimeneas es la que se va a jugar al mus con los trompetistas?

—No.

—Me harías un gran favor si me lo dijeras.

—No lo sé. Yo no soy la guardiana de mis compañeras. Todas somos mayorcitas y podemos hacer lo que nos dé la gana dentro de nuestras evidentes limitaciones.

Quim no esperaba una salida semejante. Desconcertado, abandonó aquella chimenea y se dirigió a otra; pero la segunda tampoco era la que andaba buscando, ni la tercera, ni la cuarta, ni la quinta, ni la sexta... Se sentía al borde de la desesperación, porque sabía que estaba perdiendo un tiempo muy valioso, un tiempo que podía resultar vital para Montse.

—¡Chimenea! –gritó con todas sus fuerzas–. ¿Dónde estás?

Entonces todas las chimeneas del tejado de La Pedrera respondieron a la vez:

—Estoy aquí.

Pero Quim no se dio por vencido. Comprendió que la única salida que le quedaba era preguntar una por una a todas las chimeneas. Así que reanudó el interrogatorio.

—Chimenea.

—¿Qué quieres?

—¿Eres tú la que va a jugar al mus con los ángeles trompetistas de la Sagrada Familia?

—Sí.

—¿Qué?

—Que soy yo. ¿Es que no me has reconocido?

Quim respiró profundamente. ¡Al fin había conseguido dar con ella! Habría comenzado a dar saltos de alegría de no ser porque tenía que comunicarle algo muy urgente. La emoción, mezclada con la angustia que lo embargaba, le hizo llorar a mares.

—Creí que no te encontraría.

—Cálmate, muchacho –le dijo la chimenea–. No llores así, que soy muy impresionable y sentimental.

—No puedo evitarlo.

—Pero... ¿qué te ocurre?

—Algo terrible. He venido a buscarte porque creo que solo tú podrías ayudarme.

—Si puedo ayudarte en algo, lo haré. Pero ahora debes contarme lo que ha pasado.

—Siguiendo tus consejos, hemos venido hasta aquí en busca de Tecla, pero ella no estaba sola y... –las lágrimas impedían hablar con soltura a Quim–. Y... nos han llevado a su cueva-laboratorio. Ha sido horrible. Después de que Tecla se marchara, él... él...

—Cálmate un poco.

—¡Tiene a Montse en su poder y quiere comérsela!

—Pero... ¿quién es él? –preguntó la columna para atar todos los cabos de aquella historia.

—Dragón de Hierro.

140

—¡Dragón de Hierro! –la chimenea no pudo evitar una exclamación.

—El mismo.

—¡No debéis juntaros con semejante personaje!

—Nosotros no sabíamos que fuera peligroso.

—Es más que peligroso. Se come a los niños y, con la excusa de que quiere alargar los segundos, un día de estos va a causar un buen estropicio en el tiempo. ¡Apartaos de él!

Quim lloraba desconsolado.

—Tus avisos me llegan tarde –reconoció–. Por favor, chimenea, ayúdame a salvar a Montse.

—Has venido al lugar adecuado –la chimenea pronunció estas palabras con mucha solemnidad–. Yo te ayudaré a salvarla.

La chimenea comenzó a moverse de un lado a otro, cada vez con más ímpetu, hasta que, de repente, dio un salto y consiguió salir de su emplazamiento. Miró a Quim y luego adoptó un aire pensativo.

—Así que se trata de Dragón de Hierro... –parecía hablar para sí–. Un tipo fuerte Dragón de Hierro, muy fuerte. Yo sola no podría con él.

—¿Se te ocurre alguna idea? –le preguntó Quim con impaciencia.

Entonces la chimenea alzó la voz y se dirigió a las demás:

—¡Compañeras! –gritó–. ¡Necesito vuestra ayuda!

—¿Qué ocurre? –preguntó una de las chimeneas que se encontraba más cerca.

—Dragón de Hierro tiene a una niña en su poder. Debemos ir a rescatarla antes de que se la zampe.

Se oyeron entonces las voces de varias chimeneas, que mostraban indignación y que ofrecían desinteresadamente su ayuda.

—Veamos... –la chimenea trató de analizar la situación–, se trata de vencer a Dragón de Hierro. Para eso serán necesarias una, dos, tres, cuatro, cinco, seis... Sí, creo que con seis será más que suficiente.

—Dragón de Hierro es muy fuerte –le avisó Quim–. Yo le he dado un puñetazo y casi me rompo la mano

—Lo sé, lo sé –afirmó la chimenea–. Por eso iremos seis.

A continuación, la chimenea comenzó a señalar a algunas de sus compañeras.

—Tú, y tú, y también tú... –así hasta completar la media docena.

A medida que las iba señalando, las chimeneas salían de sus emplazamientos y se dirigían hacia donde estaba Quim. Cuando las seis se habían colocado a su lado, él se creyó obligado a darles algunas explicaciones:

—Está en el parque Güell, en la parte más

alta, en una cueva taponada con una roca muy grande.

—¡Pues vamos allá! ¡Adelante!

Y las seis chimeneas se colocaron en fila india y echaron a andar. Quim se mantenía todo el tiempo a la cabeza.

Por la escalera de madera que había dejado Andreu accedieron al terrado de la casa de al lado. A Quim le sorprendió mucho que aquella escalera aguantase el peso de las chimeneas, pero pensó que sin duda se trataba de alguna escalera especial, quizá también mágica, aunque su apariencia fuera normal y corriente.

Eso sí, para llegar hasta el portal no utilizaron el ascensor, cosa que a Quim le pareció muy prudente.

Una vez en la calle, la chimenea que llevaba la voz cantante y que, como es lógico, se había situado la primera, le dijo a Quim:

—Aún no ha cesado de llover. Será mejor que te metas dentro de mí. Al menos así no te mojarás más.

—¿Dentro de ti? –se sorprendió Quim.

—¿Por qué te extrañas? Soy una chimenea, y todas las chimeneas estamos huecas. Además, te aseguro que dentro de mí hay espacio suficiente para que te sientas a tus anchas.

Dicho esto, la chimenea comenzó a hacer un movimiento extraño por su parte inferior, plegándose sobre sí misma y dejando al descubierto una gran abertura. Por ese agujero se metió

143

Quim. Una vez dentro comprobó que las paredes tenían algunos salientes, lo que le permitió ascender por ellos hasta llegar a la parte más alta. Su cabeza coincidía con el yelmo, y por las aberturas de los ojos de este podía mirar hacia el exterior. Eran tan grandes esas aberturas que solo por una de ellas casi cabía su cabeza entera. Se sintió como un verdadero guerrero medieval dentro de su armadura.

Sin perder la formación, las seis chimeneas comenzaron a caminar.

Quim pensaba que las chimeneas, tan grandes y pesadas, serían lentas, lo cual era un grave inconveniente, pues si de algo estaban necesitados en esos momentos era de rapidez; sin embargo, se sorprendió de la velocidad que alcanzaban. Desde su enclave privilegiado veía cómo recorrían una calle, después otra, y otra... Nada las detenía.

Por eso, mucho antes de lo que habría podido imaginarse, divisó la verja que rodea el parque Güell. Su emoción aumentó hasta extremos increíbles y su pensamiento trataba de concentrarse en su amiga, como si con ello pudiera darle ánimos para que resistiera.

Se hallaban cerca, muy cerca. Y aunque no sabía cómo, estaba seguro de que aquellas seis chimeneas conseguirían abrir la cueva de Dragón de Hierro, hacerle frente y vencerlo para liberar a Montse de una muerte segura. Pero... ¿llegarían a tiempo?

144

10

MIENTRAS estas cosas ocurrían en el exterior, en el interior de la cueva la situación era muy distinta.

Montse en ningún momento se había sentido abandonada por Quim; ella comprendía que él había hecho lo que tenía que hacer: tratar de escapar de allí, alejarse de semejante monstruo. Por eso, albergaba la esperanza de que pudiera encontrar ayuda en alguna parte. Solo así conseguiría salvarla.

Después de haber taponado la entrada de la cueva con la inmensa roca, Dragón de Hierro había descendido las escaleras con paso firme y llegado hasta donde tenía atada a Montse.

—Tu amigo ha conseguido escapar –le dijo–. Ha tenido suerte de correr entre los árboles. De no ser por eso, nadie lo habría librado de mis garras.

Y ella, que se imaginaba lo peor, sintió un alivio tremendo, a pesar de hallarse en aquella situación tan comprometida.

—Volverá para salvarme –le dijo al dragón con una pizca de arrogancia.

—¡No me hagas reír! –Dragón de Hierro soltó una de sus estruendosas carcajadas.

—Volverá para darte tu merecido.

—No creo que se atreva a regresar por aquí, y si lo hace me lo comeré de un bocado.

De pronto, a la vez, varios relojes comenzaron a dar campanadas. Entonces, Dragón de Hierro se acercó a ellos y los observó un rato. Luego, con sus zarpas tecleó algo en uno de sus ordenadores. A pesar de que sus dedos eran como garfios de hierro parecía un consumado mecanógrafo. El cilindro metálico y humeante en el que se introducían los cables rojos y gordos, como si hubiera recibido una orden, comenzó a temblar ligeramente y el humo cambió de color.

—No puedo descuidar mis experimentos –le dijo a Montse–. Creo que ya falta muy poco. Es una lástima que tú no puedas vivir para disfrutar de un segundo que dure dos segundos. Sí, es una lástima; de verdad que lo siento. No creas que soy un vulgar dragón sin escrúpulos ni sentimientos. Pero... ¿qué puedo hacer?

—¡Si tuvieras sentimientos, no me tendrías aquí atada! –le reprochó Montse.

—Me gustaría que entendieras mis motivos –le respondió Dragón de Hierro.

—No tienes ningún motivo.

—Te equivocas. Por supuesto que tengo motivos –él cambió el tono de sus palabras y se mostró más apacible–. No es muy complicado entenderlos. Puedo explicártelo.

—No me interesan tus explicaciones.

—De todas formas, lo haré –y el dragón, hablando pausadamente, comenzó a explicarse–: Seguro que tú comes todos los días. Sí, seguro: dos o tres comidas al día. Y aparte de frutas y vegetales, seguro que también comes con la mayor naturalidad del mundo gallinas, corderos, cerdos, vacas... ¿No es así? ¿Te has preguntado alguna vez qué pensarán de ti las gallinas, los corderos, los cerdos, las vacas...?

Montse no sabía adónde quería ir a parar Dragón de Hierro, pero no estaba dispuesta ni tan siquiera a prestarle atención. Solo quería que la soltase y la dejase marchar.

—¡No me interesan tus opiniones! ¡Suéltame de una vez!

—A mí no me gustan las gallinas ni ningún animal de pluma, y a menudo tengo que comerlos para no morirme de hambre –la voz de Dragón de Hierro cada vez resultaba más lastimera–. Tampoco me gustan los corderos, ni los cerdos, ni las vacas... ¿Qué culpa tengo yo? A mí lo que me gusta son los niños, como tú y como tu amigo. Él se ha escapado, pero tú me servirás de cena.

—¡Suéltame! –Montse gritaba y no podía evitar que, al mismo tiempo, las lágrimas recorrieran sus mejillas. El dragón le estaba comunicando con todo el descaro del mundo que se la iba a comer para cenar.

—¿Qué culpa tengo yo de que me gusten los niños? –repitió la pregunta Dragón de Hierro–. ¿Qué culpa tienes tú de que te gusten las gallinas, los corderos, los cerdos, las vacas...? El mundo es así, pequeña. Lástima que no puedas hacerte mayor para comprenderlo.

Dragón de Hierro se frotó las manos y clavó su mirada en los muslos de Montse. Su larga y afilada lengua recorrió toda su boca. Sin duda, se relamía de gusto solo de pensar en el bocado.

—Sí, creo que empezaré por los muslos –dijo–. Parecen muy apetitosos.

Montse estaba convencida de que nadie ni nada podrían librarla de una muerte espantosa, porque espantoso era ser devorada por una criatura semejante.

—¡Socorro! ¡Socorro! ¡Que alguien me ayude! ¡Socorro! –gritaba con todas sus fuerzas.

—Es inútil que grites. Nadie puede oírte.

Pero Montse no cesaba de gritar, quizá porque había comprendido que gritar era lo único que podía hacer en aquel momento, salvo resignarse con su desdichada suerte.

Dragón de Hierro parecía dispuesto a iniciar la *cena*. Tanteó con sus garras los muslos de Montse y luego abrió su bocaza. Ella cerró los ojos llena de pavor.

Entonces, Dragón de Hierro le lanzó un tremendo mordisco a uno de sus muslos.

—¡Ay! –gritó la muchacha al sentir sobre su carne los dientes afilados del dragón.

—¡Ay! –gritó Dragón de Hierro al sentir que uno de sus dientes se había roto.

Dragón de Hierro soltó el bocado y corrió hasta una especie de armario, que estaba excavado en la mismísima roca. De allí sacó un espejo y se miró en él la dentadura.

—¡Sí que tienes la carne dura! –exclamó–. ¡Me has roto un diente! Nunca antes me había pasado algo semejante.

Dragón de Hierro arrojó su diente roto a la basura y volvió a acercarse a Montse. Sorprendido, palpó de nuevo sus muslos. La muchacha, atónita, había dejado de gritar y también había abierto los ojos. Se mantenía a la expectativa. ¿Qué podía ocurrir ahora? ¿Haber perdido un diente podía hacer cambiar de opinión al dragón? Desde luego, aún le quedaban muchísimos dientes en sus enormes mandíbulas.

—Nunca había visto nada igual –comentó el dragón–. ¿Qué haces para tener la carne tan dura?

—Nada –le respondió Montse con despecho.

—¿Nada? Algo tendrás que hacer. No es posible tener unas piernas así sin hacer nada. Te aseguro que yo entiendo mucho de piernas de niños. Vamos, dímelo.

—Camino.

—¿Caminas?

—Sí, camino.

—¡Vaya, vaya! No me imaginaba yo que caminando la carne de las piernas se pusiera tan dura.

—También se consiguen otras cosas caminando –Montse pensó que Dragón de Hierro se había olvidado de su *cena* por eso, y para que no volviera a acordarse le siguió la conversación.

—¿Otras cosas? ¿Y qué cosas?

—Pues... se consiguen... muchas cosas. Si quieres saberlo, pregúntaselo a un médico.

Montse había estado a punto de decirle a Dragón de Hierro que caminar también prevenía las hemorroides, cosa que sabía por la experiencia personal de su abuelo; pero estaba harta de hablar de ello y de que todo el mundo se enterase de que su abuelo había padecido hemorroides. Por eso, prefirió no contestar.

—Yo tendría que caminar un poco todos los días –comentó el dragón–. Me vendría muy bien para la salud y, además, vería muchas cosas de la ciudad. Pero durante el día no puedo moverme de la puerta de hierro que me tiene prisionero.

Y como si quisiera empezar ya una caminata, el dragón comenzó a dar vueltas por la cueva.

Al cabo de varios minutos, pensativo, Dragón de Hierro continuaba dando vueltas y más vueltas por la cueva, en torno al extraño cilindro humeante que estaba situado en el centro y que no dejaba un solo momento de vibrar. De pronto, se detuvo y se golpeó con una de sus garras en la cabeza. Luego, sonrió lleno de satisfacción, como si hubiera descubierto algo muy importante.

—¡Ya lo tengo! –dijo.

—¿A qué te refieres? –le preguntó Montse, que deseaba saber cuanto antes qué cosa se le acababa de ocurrir, porque suponía que, fuera lo que fuese, le afectaría a ella. Y no se equivocaba.

—Cruda no te puedo comer porque tienes la carne muy dura –dijo Dragón de Hierro–. Me gustaría asarte en una parrilla, pero no tengo parrilla. Así que acabo de descubrir que te comeré estofada. Tengo un recipiente donde cabrás entera y me será fácil fabricar una resistencia eléctrica para hacer hervir el agua.

Montse se quedó boquiabierta.

Dicho esto, Dragón de Hierro se puso manos a la obra. Tuvo que mover un sinfín de maquinarias hasta que por fin dio con el recipiente que estaba buscando. Se trataba de un caldero grande de metal, en el que por supuesto cabía Montse entera. Después, cogió varios hierros, aparentemente inservibles, y los fue uniendo entre sí con cables. A veces saltaban chispas, producto de descargas eléctricas, pero a Dragón de Hierro parecían no afectarle lo más mínimo.

Cuando tuvo preparado el rudimentario infiernillo, colocó encima el caldero, que fue llenando de agua. Cada vez se movía más deprisa, como si fuera entusiasmándose poco a poco con su acción.

Desató después a Montse de las tuberías a las que había permanecido sujeta todo el tiempo. Pero no le quitó la cuerda. Al contrario, le fue rodeando con ella todo el cuerpo, desde la punta de los pies hasta el cuello.

—Creo que a los seres humanos a veces os gusta comer la carne así, bien atada –y de nuevo Dragón de Hierro volvió a reírse con ganas.

Cuando terminó la operación, levantó a Montse en el aire y, sin mayor miramiento, la introdujo en el recipiente de metal. El agua le llegaba a la muchacha por los hombros y su contacto le produjo un escalofrío. Aquella agua estaba helada.

Dragón de Hierro daba saltos de alegría por la cueva. De pronto, pareció recordar algo y comenzó otra vez a rebuscar por todas partes. Finalmente, sacó de un cajón un paquete de sal, lo abrió y lo derramó entero en el agua. Luego, más calmado, se sentó en el suelo y se quedó mirando fijamente el caldero, por el que asomaba la cabeza de Montse con un gesto de terror que parecía estar esculpido en su rostro.

—No creas que lo hago por capricho –dijo de pronto Dragón de Hierro–. Ya sé que sería menos cruel esperar a que el agua estuviera hirviendo y luego meterte dentro. Pero la carne no queda igual. Es mejor que te vayas cociendo lentamente.

Entonces Montse empezó a notar que el agua, por la parte inferior del recipiente, comenzaba a calentarse. El infiernillo tan tosco que había construido Dragón de Hierro estaba funcionando. En ese momento pensó en Quim, sabía que el amigo no la habría abandonado a su suerte, sabía que estaría haciendo algo, que posiblemente habría avisado a sus padres, y estos a su vez a la policía.

Y se consolaba pensando en esos finales de tantas y tantas películas que había visto, en los que siempre la policía llegaba a última hora para poner las cosas en su sitio y castigar a los malvados. ¿Le ocurriría a ella también? Tal vez los coches patrulla de la policía, con sus luces azules destelleantes y sus sirenas, ya estuvieran rodeando el parque Güell. Quizá algún helicóptero estuviera sobrevolando la zona. De ser así, no tardarían mucho tiempo en escuchar la voz del jefe de la policía, que les hablaría por un megáfono: «¡Dragón de Hierro, estás rodeado! ¡No tienes escapatoria! ¡Suelta a la niña y ríndete sin oponer resistencia! ¡Sal de la cueva con las patas en alto!».

Dragón de Hierro se arrastró hasta el caldero y lo tocó por la parte de abajo. Sonrió al comprobar que poco a poco se estaba calentando. Luego se incorporó de un salto y en el armario buscó una cuchara de madera. Como si se tratase de un consumado cocinero, cogió con ella un poco de agua y la probó.

—Bien –comentó engolando un poco la voz–. Todo marcha muy bien. Quedará en su punto.

Pero en ese momento varios relojes volvieron a sonar.

Unos daban campanadas, otros emitían zumbidos agudos, alguno imitaba al cuco. Dragón de Hierro se volvió de inmediato hacia sus máquinas tan complicadas y comenzó a examinarlas con atención, como si estuviera verificando algo muy importante. A continuación, como había hecho la vez anterior, comenzó a teclear en un ordenador. Todas las pantallas se llenaron de números y de complicadas fórmulas matemáticas. Y de pronto, los relojes, como por arte de magia, dejaron de sonar.

Sin embargo, el cilindro humeante, conectado por esos cables tan gruesos al resto de la maquinaria, aumentó el ritmo de sus movimientos. Las sacudidas eran más frecuentes y más intensas. Además, el humo que emanaba del interior volvió a cambiar de color otra vez.

—¡Fantástico! ¡Maravilloso! ¡Extraordinario! –exclamó muy contento Dragón de Hierro, que acababa de coger la cuchara de palo y de probar el caldo del estofado.

No estaba claro si la alegría del dragón era debida a la información que acababan de darle sus máquinas o al sabor que estaba tomando el agua caliente del caldero.

Montse procuraba mantenerse de pie y no perder el equilibrio, cosa que le resultaba bastante difícil, pues tenía todo el cuerpo atado. Además, el agua del recipiente estaba subiendo de temperatura, sobre todo en la parte inferior, y eso le obligaba a dar constantes saltitos.

Pero a pesar de lo angustioso de su situación, se agarraba con uñas y dientes a un hilo de esperanza. Hacía tiempo que había cerrado los ojos porque no soportaba verse en aquel trance.

Prefería soñar.

Prefería mil veces soñar.

Soñar con Quim. Soñar que volvía. Soñar que estaba ya muy cerca de la cueva con todo un ejército de valientes soldados dispuesto a liberarla.

Ella prefería soñar.

Prefería morir soñando.

11

Las seis chimeneas ya se encontraban dentro del parque y, dirigidas con acierto y decisión por Quim, caminaban hacia la cueva de Dragón de Hierro.

—¡Un poco a la derecha! ¡Ahora todo seguido! ¡Hacia arriba! ¡La cueva de Dragón de Hierro está en la parte más alta! ¡Ánimo, que ya falta muy poco!

Con sus voces quería animar a las chimeneas para que no desfallecieran. Él ignoraba que aquellas chimeneas desconocían la palabra «desaliento». Por eso, desde que habían abandonado el tejado de La Pedrera, marchaban con la misma decisión y el mismo ímpetu.

Cuando llegaron ante la gran roca que taponaba la entrada de la cueva, Quim no pudo evitar gritar con todas sus fuerzas:

—¡Aquí es!

Entonces, la chimenea en la que iba metido volvió a plegarse ligeramente por su parte inferior para permitirle la salida.

—A partir de ahora estarás más seguro fuera –le dijo.

Seguía lloviendo y los relámpagos plagaban el cielo de resplandores. La tormenta había vuelto con mayor intensidad.

—¿Esta es la piedra? –preguntó la chimenea a Quim.

—Sí.

—Es grande –la chimenea inclinó la cabeza a un lado, como para verla desde otra perspectiva.

—Es enorme –a Quim le parecía más que grande.

—Sí, es enorme –admitió la chimenea.

—¿Podréis moverla?

—Enseguida lo comprobarás.

A una señal de la que llevaba la voz cantante, todas las chimeneas se situaron junto a la roca.

—¡A la de tres! –dijo una de ellas.

—¡Una, dos y tres! –corearon todas, y al instante comenzaron a empujar.

La roca giró sobre sí misma con bastante facilidad y, en pocos segundos, la entrada de la puerta quedó despejada. La chimenea amiga de Quim lo miró satisfecha e, incluso, intentó guiñar uno de los grandes ojos de su yelmo.

—¿Qué te ha parecido?

—¡Sois fantásticas!

—Ahora entraremos en la cueva.

Cuando las chimeneas se disponían a entrar, una voz, que salía de las profundidades, ascendió por la escalera.

—¿Quién anda por ahí? –era Dragón de Hierro, sorprendido por el estruendo que se había producido en la entrada.

—¡Suelta a la niña, Dragón de Hierro! –le dijo con firmeza la chimenea–. ¡No tienes escapatoria! ¡Ríndete!

Al oír aquellas voces, Montse, que seguía dentro del caldero lleno de agua, un agua que ya empezaba a resultar abrasadora, no pudo discernir si lo que estaba sucediendo era real o producto de sus sueños.

—Tiene que ser un sueño –se dijo en voz alta–. Pero nunca había soñado así. Esas voces parecen tan reales...

A pesar de que albergó un rayo de esperanza, Montse no quiso abrir los ojos. Los había mantenido obstinadamente cerrados para tratar de huir de la cruel situación que estaba padeciendo.

Dragón de Hierro se había asomado por el hueco de la escalera y, al ver a las chimeneas, comenzó a proferir terribles amenazas:

—¡Fuera de mi cueva! ¡Si dais un paso más, os haré pedazos! ¡No me dais miedo! ¡Acabaré con todas vosotras, y al muchacho que ha ido a buscaros le daré su merecido! ¡Largaos antes de que mi paciencia se agote y pierda los nervios! ¡Cuando pierdo los nervios soy el más terrible de los dragones de hierro!

—No nos iremos hasta que no sueltes a la niña –le dijo la chimenea que llevaba la voz cantante–. Tus bravuconadas no nos asustan. No te tenemos ningún miedo.

Sin acobardarse, las chimeneas descendieron por aquellas escaleras y se plantaron frente a Dragón de Hierro que, ante el ímpetu que mostraban, se vio obligado a retroceder unos pasos.

A un lado, delante del cilindro que no dejaba de temblar ni de echar humo de colores, quedó Dragón de Hierro. Al otro lado, las seis chimeneas, que se habían colocado en formación, dispuestas a entrar en combate de un momento a otro.

Quim sintió un enorme alivio y una gran preocupación al ver a Montse. Alivio porque seguía viva. Y preocupación porque estaba metida en una especie de olla que, por el vapor que desprendía, debía de estar a muchísima temperatura. Tenía que sacarla cuanto antes de allí.

—¡Montse! –gritó–. ¡Soy yo! ¡He venido a salvarte! ¡Las chimeneas me ayudarán!

Entonces Montse abrió los ojos. Aquella voz era demasiado real para tratarse de una ensoñación.

—¡Quim! –gritó al ver al amigo–. Tienes que sacarme de aquí. El agua va a empezar a hervir de un momento a otro.

Quim dio unos pasos en dirección a Montse, pero un gesto amenazador de Dragón de Hierro lo detuvo. Aquel monstruo había desplegado al máximo sus alas y las mandíbulas de su boca se abrían y cerraban constantemente.

En ese momento la chimenea que llevaba la voz cantante, revistiendo sus palabras de solemnidad, dijo:

—¡Compañeras! ¡Al ataque!

Y sin dudarlo un instante, las seis chimeneas se lanzaron contra Dragón de Hierro.

La pelea fue terrible. Dragón de Hierro era realmente fuerte y con sus patas y con sus alas daba tremendos golpes a las chimeneas. Además, con su enorme boca no dejaba de lanzarles furibundos mordiscos.

Pero las chimeneas no se quedaban atrás. Además, estaban muy compenetradas entre sí; mientras unas atacaban al dragón por un flanco, las otras lo hacían por el contrario.

Y como Dragón de Hierro bastante tenía con preocuparse de las chimeneas, que lo asediaban por todas parte, Quim pensó que había llegado el momento ideal para liberar a Montse.

Avanzó por uno de los laterales de la cueva, bien pegado a la pared para evitar que alguno de los contendientes cayera sobre él, y se dirigió a donde estaba su amiga.

—Date prisa –le dijo ella–. Sácame de aquí cuanto antes. No aguanto más.

Quim agarró el caldero por la parte superior, con ánimo de volcarlo. Pero estaba tan caliente que se quemó las manos.

—¡Ahhh! –gritó.

—¡No puedo aguantar más, no puedo aguantar más, no puedo aguantar más...! –repetía Montse, y su voz parecía estar apagándose poco a poco.

Quim, muy confuso, miraba a un lado y a otro, tratando de encontrar la forma de sacar de allí a su amiga. Buscó a su alrededor y en el armario del dragón encontró varios trozos de tela. Se envolvió con ellos las manos y volvió a agarrar el borde de aquel recipiente. El calor traspasó enseguida aquellas telas y le llegó a la piel, pero Quim estaba dispuesto a terminar su faena aunque se achicharrara los dedos.

—¡Enseguida estarás fuera de este cacharro! –le dijo a Montse para darle ánimos, y para dárselos también a sí mismo.

Aquel recipiente tan grande, lleno de agua y con Montse dentro, pesaba de lo lindo. Pero Quim tiró de él con todas sus fuerzas y lo hizo tambalearse.

—A la de tres –se dijo, recordando lo que poco antes habían hecho las chimeneas.

—¡Una, dos y tres!

Y un nuevo tirón, aún más fuerte que el anterior, hizo que el caldero se volcara por completo. Tuvo que dar un salto en el último momento para evitar que el agua caliente le cayera encima.

Montse, que seguía atada, rodó por el suelo como una pelota de *rugby*, hasta que se detuvo al golpearse contra una de las máquinas del dragón.

Quim había visto un cuchillo en el armario. Fue a por él y con decisión cortó las cuerdas que amordazaban a su amiga. Cuando la libró del todo, se quedó mirándola. Lloraba tanto como ella.

Al cabo de un rato, él reparó en el color que había adquirido el cuerpo y la cara de Montse: estaba colorada, muy colorada; pero no de rubor. Le había ocurrido algo parecido a lo que les sucede a los cangrejos, a los que el agua hirviendo les cambia el color de su cuerpo. Quim confiaba que a ella se le pasase pronto y volviese a ser como siempre había sido.

De pronto, una voz los sobresaltó y les sacó del ensimismamiento en que habían caído:

—¡Marchaos de aquí! ¡Escapad cuanto antes! –era una de las chimeneas la que les daba esos consejos.

A Quim le pareció una gran idea marcharse cuanto antes de aquella cueva. Le hizo una señal a Montse para que lo siguiera y, sin separarse de la pared, caminaron hacia las escaleras.

La pelea entre Dragón de Hierro y las chimeneas seguía en su apogeo y los golpes se repartían a diestro y siniestro. Varias de las máquinas del dragón habían quedado destruidas al caer alguno de los contendientes sobre ellas. Pero nadie parecía reparar en esos detalles.

Llegaron a las escaleras y comenzaron a subir los peldaños. Entonces se detuvieron un instante y giraron la cabeza, como si quisieran echar un último vistazo a aquel lugar tan siniestro, donde a punto habían estado de perder la vida.

—¡Gracias, chimeneas! –gritó Quim–. ¡Nunca olvidaremos lo que habéis hecho por nosotros.

Las chimeneas estaban tan enfrascadas en la lucha que ni siquiera pudieron escucharlo.

Y entonces sucedió.

Dragón de Hierro estaba a punto se ser inmovilizado y, por consiguiente, vencido por las seis chimeneas, que lo tenían sujeto por todas partes. Pero el dragón, haciendo un último esfuerzo, trató de desprenderse de sus agresores y, flexionando la única pata que conseguía mantener apoyada en el suelo, dio un impulso tremendo hacia atrás. Las chimeneas no lo soltaron, pero perdieron el equilibrio y cayeron sobre él. Todos juntos, fundidos en un abrazo, se desplomaron sobre el cilindro circular humeante y tembloroso. Y aquel extraño aparato, o lo que fuere, quedó destrozado.

—¡¡¡Nooo!!! –gritó Dragón de Hierro con todas sus fuerzas al comprobar el estropicio, y comenzó a llorar a moco tendido.

Las chimeneas, sorprendidas, lo soltaron. No podían creerse lo que estaban viendo. Dragón de Hierro, desconsolado, trataba de recomponer inútilmente los pedazos de aquel cilindro, mientras no dejaba de lamentarse dando enormes alaridos. Parecía haberse olvidado de todo lo demás: de la feroz pelea que estaba librando contra las chimeneas, de Montse, de Quim... De todo.

—¡No, no, no! –repetía una y otra vez–. Habéis destruido un trabajo de años. Todas mis investigaciones sobre el tiempo estaban dentro de este cilindro.

Y mientras Dragón de Hierro se lamentaba y las chimeneas se miraban sin saber qué hacer, en todas las máquinas que había dentro de aquella cueva comenzaron a producirse pequeñas explosiones e infinidad de chispazos. Un olor a quemado insoportable lo invadió todo y un humo anaranjado, cada vez más denso, iba dificultando la visión.

—¿Qué va a ocurrir ahora? –preguntó una chimenea a Dragón de Hierro.

—No lo sé –respondió el dragón–. Ya no puedo controlarlo. Ahora podrá ocurrir cualquier cosa con el tiempo.

Tanto chispazo y tanta explosión le hicieron pensar a Quim que no podrían traer nada bueno. Lo más probable era que al final se produjese un zambombazo mucho más fuerte, y si ese zambombazo los pillaba dentro de la cueva... ¡No quería ni pensarlo!

Agarró por un brazo a Montse y tiró de ella con intención de salir. El humo ya ascendía por las escaleras.

—¡Vámonos de aquí! –le gritó.

Y no pararon de correr hasta que salieron al exterior. E incluso fuera, corrieron un rato para alejarse de la cueva. Solo se detuvieron cuando estaban a treinta o cuarenta metros de distancia, un margen que les pareció bastante seguro. Se volvieron y miraron llenos de curiosidad. De la cueva continuaba saliendo humo y en el interior se oían los lamentos de Dragón de Hierro, que estaba totalmente abatido y desconsolado.

Entonces se produjo el zambombazo que Quim tanto temía. Resonó con potencia e hizo temblar la mismísima tierra del parque Güell. Los dos se lanzaron al suelo sin pensarlo. Era algo que habían visto en todas las películas de aventuras.

Unos segundos después salió de la cueva una especie de remolino de humo, como un pequeño tornado de color naranja. Y aquel torbellino, como si estuviera buscando algo, recorrió el parque de un lado a otro. Incluso, en un momento determinado pasó sobre Quim y Montse, pero ya debía de estar debilitado, porque no los arrastró, ni tan siquiera los movió del sitio. Lo sintieron casi como una caricia tibia, una caricia que además secó por completo sus cuerpos y sus ropas empapadas.

Luego, el remolino se fue ampliando más y más hasta difuminarse en el cielo de Barcelona. Y el cielo pareció adquirir un leve tono anaranjado.

Quim y Montse reemprendieron la carrera. No querían más emociones. Lo único que les apetecía era alejarse de allí, regresar cuanto antes a sus casas, serenarse y volver a ser como eran.

Ya lejos del parque Güell, a salvo, dejaron de correr y continuaron andando. No tenían nada que temer, la pesadilla había acabado felizmente. Pero ahora les aguardaba algo muy engorroso. ¿Qué explicaciones les darían a sus padres?

—Si les decimos la verdad, no nos creerán –dijo Quim.

—Eso seguro –corroboró Montse.

—Entonces... ¿qué les decimos?

—No sé.

—Podemos decirles que nos hemos perdido –sugirió él.

—Pero no somos unos bebés. A nuestra edad se supone que deberíamos saber reaccionar si nos perdiésemos.

—Pues entonces les podemos decir que nos hemos entretenido jugando por ahí.

—Como no encuentres una excusa mejor, estamos apañados.

—O que nos han secuestrado unos hombres malvados. Eso se parece más a la realidad. Aunque no tenemos por qué mencionar a Tecla, ni a Dragón de Hierro, ni a las chimeneas...

—Pero entonces la policía querrá conocer todos los detalles. ¿Tú crees que aguantaremos un interrogatorio de la policía?

Ninguno de los dos era capaz de dar con una historia que resultara verosímil y que, al mismo tiempo, pudiera servir para justificar su enorme retraso.

Durante un tiempo caminaron en silencio, aunque sus mentes no dejaban de elucubrar.

—¿Crees que nuestros padres habrán avisado a la policía? –preguntó entonces Montse.

—Seguro que sí.

—¡Buf –resopló ella sin decir nada.

—Lo mejor será contarles que nos hemos quedado mudos, así por lo menos no tendremos que hablar.

—¡Cómo vamos a contarles que nos hemos quedado mudos! Si se lo contamos, se darán cuenta de que les estamos mintiendo.

—Se lo diremos por señas, o se lo escribiremos en un papel.

—No sé qué será peor.

Entonces Quim reparó en un detalle que le había pasado inadvertido: había dejado de llover.

—Menos mal que al menos ya no llueve –comentó.

Y como movidos por la misma curiosidad, los dos alzaron la cabeza y miraron al cielo. Y lo que vieron los dejó boquiabiertos. El cielo estaba completamente despejado, sin una sola nube que lo enturbiase, y el aire parecía más limpio y transparente que nunca. Miles, millones de astros brillaban con una intensidad sorprendente.

—¿Y la tormenta...? –Quim no pudo evitar hacerse la pregunta en voz alta.

—Se ha marchado –respondió Montse sin darle mayor importancia.

—Te aseguro que cuando entramos en la cueva llovía a mares y había relámpagos por todas partes. Y de eso no ha pasado tanto tiempo.

—El viento habrá empujado a la tormenta hacia el mar.

—¿El viento? Pero si no se mueve ni una hoja. Además, ese cielo... Nunca había visto un cielo así.

—Ni yo tampoco. Las luces de la ciudad impiden verlo.

Y la última frase de Montse les hizo buscar con la mirada otra cosa, algo que sorprendentemente no encontraron por ninguna parte: las farolas que debían iluminar las calles. Habían desaparecido todas las farolas y, sin embargo, las calles estaban iluminadas por una luz tenue, muy cálida y uniforme, que no se sabía muy bien de dónde provenía. Era una luz que nunca antes habían visto.

Quim y Montse comenzaron a fijarse en lo que había a su alrededor. Las calles les resultaban conocidas, familiares algunas, pero todo era diferente en ellas. Las casas habían cambiado y en su mayoría estaban recubiertas por unas enormes planchas brillantes que les daban un aspecto frío e impersonal; además, en los bajos no había ningún establecimiento comercial. Tampoco había coches aparcados por ninguna parte y los vehículos que transitaban por la calzada eran rarísimos, muy estilizados, parecía que no tocaban el suelo al desplazarse y apenas producían ruido. No había carteles publicitarios, pero sí grandes pantallas de televisión en las esquinas que anunciaban sin cesar diversos productos, unos productos que ellos nunca antes habían visto. Los semáforos de las calles habían sido sustituidos por unos paneles llenos de números y letras, como formando claves. Además, descubrieron puentes donde antes no los había, y pasos subterráneos desconocidos, y extrañas pasarelas para peatones, y árboles artificiales de distintos colores...

—¿Qué ha pasado? –preguntó Montse.

—No lo sé –respondió Quim–. Pero algo ha tenido que pasar.

Se miraron y aceleraron el paso. Cuanto antes llegaran a sus casas, mejor. Si había ocurrido algo en Barcelona en las últimas horas, sus padres se lo explicarían.

Y de pronto se sintieron muy cerca de casa. ¡Al fin!

A pesar de que todo lo que veían a su alrededor contribuía a desorientarlos, sabían que ya estaban llegando. Rodearían una manzana y se encontrarían con el templo de la Sagrada Familia, y desde allí estaban a unos pasos.

Pero cuando la Sagrada Familia apareció ante sus ojos, Quim y Montse sintieron una impresión tan honda que a punto estuvieron de desmayarse. Se quedaron inmóviles, como dos estatuas de bronce, sin poder apartar la mirada ni un ápice de la iglesia.

—¿Estamos soñando? –solo al cabo de un buen rato, Quim fue capaz de decir algo.

—No.

El templo de la Sagrada Familia estaba completamente terminado. Ya no había grúas gigantescas en su interior, ni andamios, ni muros sin nada que sujetar, ni piedras amontonadas... Y su aspecto era fantástico, increíble, prodigioso... Cualquier calificativo se quedaba pequeño. Se habían levantado otros dos pares de torres al sur, creando una nueva fachada. Y en medio, como coronando el conjunto, se elevaba una última torre de un tamaño descomunal, majestuosa e impresionante. Aquella gran obra, que todo el mundo pensaba que jamás se terminaría, estaba completamente acabada.

Entonces Quim recordó la partida de cartas que habían jugado con Tecla y Dragón de Hierro. Este, para hacerles perder la concentración, les había preguntando que cuánto tiempo durarían las obras de la Sagrada Familia. Aunque nadie podía saberlo a ciencia cierta, se barajaron algunas cifras: veinte años en el mejor de los casos, o treinta, o cincuenta, o cien... Luego recordó lo que había pasado en el interior de la cueva, cuando Dragón de Hierro y las seis chimeneas cayeron sobre el cilindro humeante y lo aplastaron.

—¿Estás pensando lo que yo? –le preguntó a Montse.

—No sé lo que estarás pensando tú –respondió ella–, pero lo que pienso yo me produce tanto pánico como cuando estaba dentro de ese caldero lleno de agua a punto de hervir.

—Yo pensaba en el cilindro humeante conectado a todas esas máquinas que había en la cueva de Dragón de Hierro.

—Yo también.

—Él nos ha dicho que dentro de ese cilindro estaban encerradas todas sus investigaciones sobre el tiempo.

—Sí, pero el cilindro se ha hecho pedazos.

—Y lo que hubiese dentro se ha escapado al exterior.

—Tal vez ese remolino anaranjado que hemos visto salir de la cueva procediese del cilindro.

—El remolino ha pasado por encima de nosotros.

—Y desde ese momento todo ha cambiado a nuestro alrededor.

—¿Entonces...?

—Eso mismo me pregunto yo.

Aunque los dos estaban pensando lo mismo, ninguno se atrevía a decirlo en voz alta. Reconocerlo significaría que todo, absolutamente todo, había cambiado radicalmente para ellos. Sus vidas ya no podrían ser como antes, por la sencilla razón de que ya nada –salvo ellos mismo– era como antes.

Ninguno podía apartar de su mente los experimentos de Dragón de Hierro con el tiempo. Sin duda, la rotura del cilindro que humeaba le había impedido lograr su gran objetivo –que un segundo durase dos segundos–, pero la energía allí concentrada había salido al exterior de la cueva en forma de remolino. Y era muy probable que ese remolino anaranjado fuese el causante de la situación que estaban viviendo. Como había asegurado el dragón, las consecuencias de aquella rotura eran imprevisibles.

Quim y Montse estaban empezando a darse cuenta de que, por culpa de lo que hubiera dentro de aquel cilindro, habían dado un salto hacia delante en el tiempo. Pero... ¿cómo de grande era ese salto? Es decir, ¿cuántos años habían avanzado?

La Sagrada Familia les proporcionaba una pista, pero no era una pista concluyente.

¿Habían transcurrido veinte años?

¿O tal vez treinta?

¿O cincuenta?

¿O quizá cien?

Quim agarró con fuerza la mano de Montse y sintió cómo ella le apretaba con la misma intensidad. Ambos pensaban que, a partir de ese momento, deberían permanecer más unidos que nunca.

Muy asustados, comenzaron a caminar en dirección a sus casas. ¿Qué encontrarían? Los dos tenían la sensación de que delante de ellos se había instalado una densa nube que no les permitía ver más allá. Pero con decisión penetraron en ella.

«Al menos sigo siendo un niño malo y estoy con mi mejor amiga», trató de consolarse Quim.

Barcelona, otoño de 2000

Si te ha gustado este libro, también te gustarán:

El vampiro vegetariano, de Carlo Frabetti

El Barco de Vapor (Serie Naranja), núm. 134

A casa de Lucía y Tomás va a vivir un nuevo vecino: el señor Lucarda. Alto, delgado, de unos cuarenta años, siempre viste de negro y nunca habla con nadie. Sus ojos oscuros y penetrantes parecen escrutar los pensamientos de la gente. Tomás lo tiene claro: es un asesino de niños.

La rata de Navidad, de Avi

El Barco de Vapor (Serie Naranja), núm. 140

Faltaban seis días para Navidad cuando llegó el exterminador a desinfectar el edificio. Eric estaba de vacaciones y le abrió la puerta. Se llamaba Ange Gabrail y en su maleta llevaba un montón de productos tóxicos. Justo cuando el exterminador se marchó, Eric fue al sótano y encontró la rata.

Los papeles del dragón típico, de Ignacio Padilla

El Barco de Vapor (Serie Naranja), núm. 141

El dragón típico habitaba en la República Imaginaria y tenía mucho, mucho trabajo. No paraba, siempre iba de aquí para allá, de un cuento a otro. Todos sabemos que hay dragones en casi todos los cuentos clásicos. Pero un día perdió los papeles, se quedó indocumentado...